Claudia Fischer

Der Defibrillator

.....und warum ein kleines Zwicken manchmal etwas zurechtrücken kann

www.tredition.de

© 2020 Claudia Fischer

Verlag & Druck: tredition GmbH, Halenreie 40-44,
22359 Hamburg

ISBN
Paperback: 978-3-347-10867-7
Hardcover: 978-3-347-10868-4
e-Book: 978-3-347-10869-1

Für Antonia

Einleitung

Mein Hund ist ein kleiner Yorkshire Terrier und er heißt Wuffi. Es ist mein erster Hund und mir ist nichts Besseres eingefallen. Hundi war auch im Rennen, denn bei beiden Namen kann man vom Namen gleich auf das Geschöpf schließen und auch vermuten, dass ein Hund sich so verhält wie ein Hund. Der hat nämlich eine ganz feine Nase und ebenso feine Ohren. Ihm bleibt wenig verborgen. Er kann Krankheiten und Angstschweiß riechen und manche Popsongs aus dem Radio findet er richtig blöd, weil die anscheinend einen ganz unangenehmen Beat haben, für Hundeohren jedenfalls. Manchmal gilt das aber auch für meine Menschenohren, denn inzwischen kann ich die Lieder, die er nicht mag, auch nicht mehr leiden. Dann geht das Radio eben aus.

Dass Hunde besser hören können als Menschen, weiß ja jedes Kind. Manche von ihnen werden mit so einer Pfeife trainiert, die für Menschen unhörbare hohe Töne entlässt. Die hohen Töne sind bei Menschen sowieso immer sehr in Gefahr. Die Fähigkeit sie zu hören, kann uns früh verlassen.

Die hohe Frequenzlage ist die, die Menschen mit beginnender Schwerhörigkeit als erstes verlieren. Es ist ein hartnäckiges Gerücht, dass Schwerhörige alles einfach leiser hören. Das tun sie nicht. Mit sich entwickelnder Schwerhörigkeit verlieren Menschen einzelne Frequenzbereiche. Vergleichbar wäre dieses Phänomen damit, dass man jemanden sprechen hört, der verschluckt aber zwischendurch einzelne Silben. Dann muss man ein sehr guter Detektiv sein, sozusagen eine feine Spürnase haben, um weiterhin zu verstehen, was gemeint ist. Die hohen Töne sind, wie schon angedeutet, die ersten, die gehen. Störgeräusche sind niedrig-frequent. Sie sind am Ende das, was übrig bleibt. Weil überall Störgeräusche sind, gewinnen sie schließlich in der Klangwelt die Überhand.

Wuffi muss davon überzeugt sein, dass ich sehr schwerhörig bin. Wenn es an der Haustür klingelt, macht er, dem offensichtlichen Herzinfarkt nahe, ein solches Gebell, dass einem im wahrsten Sinne des Wortes die Ohren wegfliegen. Er kündigt damit eine derartige Bedrohung an, dass ich dabei immer das Gefühl habe, da steht jetzt der Nachbar mit einem Gürtel voller Plutonium-Bomben umgeschnallt vor der Tür oder mindestens 15 schwer vermummte und bewaffnete Männer vom SEK, die auf unsere Wohnungstür zielen.

An manchen Tagen muss es dafür sogar nicht mal geklingelt haben. Da reicht es, wenn ein Nachbar einfach an unserer Wohnungstür vorbei geht. Aber wer kennt seine Nachbarn schon so genau? Vielleicht arbeitet ja einer beim SEK, verdeckt und keiner weiß es, nur Wuffi.

Man kann nie einfach die Wohnungstür öffnen. Es muss fein säuberlich darauf geachtet werden, dass Wuffi eingesperrt ist. Er würde rauslaufen und sich an die Hosenbeine unserer Nachbarn hängen. Hunde können im Laufe ihres Lebens auch schwerhörig werden. Und wer weiß, vielleicht beginnt damit tatsächlich so etwas wie die Hunde-Rente. Sie müssen auf einmal nicht mehr auf das aufpassen, was sich durch Geräusche ankündigt.

Bis jetzt jedenfalls antwortet der kleine Hund auf jedes Geräusch. Es käme ihm gar nicht in den Sinn, irgendetwas unbeantwortet zu lassen. Wäre er regelmäßig online, würde er jede E-Mail beantworten. Auf diesem Gebiet haben sich die

Menschen sehr verändert. In der Regel be-antworten sie heutzutage nur noch E-Mails, deren Inhalt ihnen gefällt. Nun ja, der Wert einer E-Mail ist nicht mit dem eines handgeschriebenen Briefes zu verglei-chen. Das ist mir inzwischen auch klar ge-worden, obwohl ich davon überzeugt bin, dass Angehörige meiner Generation die-ser Fehler der vergleichenden Wertstel-lung noch ab und zu unterläuft. Mit ei-nem Klick sind sie gelöscht und man kann, zumindest als Empfänger, so tun, als hätte es sie nie gegeben. Der Absender kann das auch, muss sich dann aber noch in einem größeren Umfang in die Tasche lügen. Wuffis Einstellung zum Thema Lü-gen soll an einer späteren Stelle noch Er-wähnung finden.

Von alleine schwingt Wuffi jedenfalls keine großen Reden. Es gibt von ihm keine stundenlangen Bellkonzerte zu hö-ren. Es ist sogar so, als habe er die Ge-richtsurteile zu Mietwohnungen genauses-tens studiert und wisse, dass er nachts zwischen 22 Uhr und sechs Uhr morgens keinen Piep sagen darf. Auch hält er sich stets an die Vorgabe, dass er am Tag nicht mehr als eine halbe Stunde bellt und niemals länger als zehn Minuten am Stück. Das versteht sich von selbst.

Im Grunde ist es doch auch so: was soll man auch großartig sagen? Der Norddeutsche kommt mit wenig aus. Mit „Na, jo und nützt ja nix" kommt man bestens durch jedes norddeutsche Gespräch. Darüber hinaus ist der klassische Norddeutsche davon überzeugt, dass man Zuneigung auf einfache und kleine Weise zeigen kann. Da muss man gar nicht kompliziert werden oder riesige Geschütze auffahren. Das ist bei Ablehnung genauso. Die zeigen Menschen ja auch ohne Umschweife, egal aus welchem Bundesland sie kommen und dabei machen sie meistens kurzen Prozess. Ablehnung gibt es schon ewig als to-go-Variante. Schon bevor dieser Lebensstil angefangen hat, die Umwelt zu belasten. Wuffi findet, dass to-go gar nichts mit gemütlichem Gassi gehen zu tun hat. Aber wirklich so gar nichts! Dass sich beim Gehen eine ganze Menge löst und so Manches, was groß und bedrohlich wirkt immer kleiner und unwichtiger wird, habe selbst ich schon begriffen. Beim Gehen kommt das Denken in den Fluss. Dafür sollte man sich Zeit nehmen!

Überhaupt kann Ablehnung so schnell zu etwas wie Fremdenfeindlichkeit aufgebauscht werden. Die steht dann einfach so im Raum. Und geht da nicht weg. Bei Wuffi gibt es einen Trick gegen Ablehnung. Der wirkt immer und zu 100%! Dafür muss man natürlich bereit sein. Und man darf es nicht in den Knien oder im Kreuz haben. Man muss sich für die erste Begegnung auf den Boden setzen und es für Wuffi möglich machen, dass er einen überall beschnuppern kann. Er findet es bedrohlich, wenn man sich von oben über ihn herabbeugt. Aber ganz ehrlich: wer mag das schon? Für die Bekanntmachung mit Wuffi muss man sich ein wenig Zeit nehmen. Wenn er dann Teddy bringt, dann ist das Eis gebrochen. Von großem Vorteil ist, dass man weiß, dass Teddy geworfen werden soll, damit Wuffi ihn wieder einfangen kann.

Teddy ähnelt, wenn man jetzt nicht ganz so genau hinschaut, einer Ratte. Und Teddy hatte schon jede Menge Operationen am offenen Herzen. Kürzlich habe ich ihm einen gelben Pullover angenäht, damit das Innenleben nicht ständig herausfällt. Da Yorkshire Terrier dafür gezüchtet wurden, um Ratten zu fangen, fängt er eben Teddy und schüttelt ihn so lange bis er nach seiner Meinung tot ist. Teddy war eigentlich schon immer tot. Und ganz nebenbei gesagt, ist er Wuffis einziger Freund. Auf jeden Fall kann man mit Fug und Recht behaupten, dass es der Beginn einer großen Freundschaft ist, wenn Teddy ins Spiel kommt. Das ist dann so eine Art Tridem und einer davon ist tot.

Dieses Verhältnis der geschilderten Lebendigkeit, also zwei sind am Leben und einer ist tot, könnte aber sowieso als das Geheimrezept des Erfolges eines jeden Tridems bezeichnet werden. Drei waren bekanntlich schon immer einer zu viel. Wenn einer nicht tot sein möchte, kann man sich auch darauf verständigen, dass er halt nur so tut. Er darf dann eben nichts sagen. Für Teddy ist diese Rolle die ideale Besetzung und die Magie, die in dieser ersten Begegnung entsteht, wirkt für immer!

Das Leben in der Stadt ist für Wuffi ziemlich stressig. Er erschrickt sich oft. Und er erschreckt Menschen, denen er begegnet. Häufig nachdem er sich vor ihnen erschrocken hat. Manche ärgern sich und beschimpfen ihn dann. Andere sind seltsam entrückt. Wieder andere wirken wie erstarrt. Manche lächeln nachdem der Schreck entwichen ist und wirken so, als hätten sie verstanden, dass es sich hierbei immer um zwei Mal Erschrecken hintereinander handelt. Im Grunde entschuldige ich mich immer sofort reflexartig. Das hat schon dazu geführt, dass einige Reinigungskräfte am Hafen, die immer morgens zur gleichen Zeit arbeiten, wenn ich Gassi gehe, denken, der kleine Hund heißt „Entschuldigung". Das ist lustig, passt aber gar nicht. Denn mittlerweile bin ich davon überzeugt, dass der Hund keine einzige Entschuldigung ist. Er benimmt sich wie ein Hund. Für ihn ist das normal. Für das Sein in der Welt übrigens auch!

Außerdem ist die Lage am Hafen mit dem Blick auf die Elbe sowieso auch irgendwie eine Mogelpackung. Das scheint Wuffi auch längst gemerkt zu haben. „Das Tor zur Welt"…. Allein schon dieser Name, der noch die Prägung einer finsteren Zeit in Deutschland mit sich rumschleppt. Und wenn man da steht, heißt das nicht unbedingt, dass man über die eigenen kleinen Grenzen hinweg denken kann. Dafür muss man Orte eigentlich verlassen und sich anderes anschauen. Da stehen die Chancen viel besser, über den eigenen Tellerrand hinauszuschauen und Empathie für andere Lebewesen zu entwickeln, die auf den ersten Blick erstmal total verschieden von dem zu sein scheinen, für was man sich selbst hält. Häufig dauert die Zeit bis zum zweiten Blick nicht sehr lange und man stellt fest, dass sich die angenommene Grundverschiedenheit in Luft auflöst. Natürlich kann man am Hafen mit diesem Blick ein wenig verweilen. Ist dann aber auch nicht viel anders als sich daheim eine Fototapete mit dem Strand von Ko Phi Phi anzuschauen und sich einzureden, man wäre dort. Nützt ja beides nix, wenn man nicht auf Entdeckungsreise geht.

Wuffi erinnert mich irgendwie an einen Defibrillator. Defibrillatoren gibt es in der ganzen Stadt, Hunde auch. Sie sollen Leben retten, das tun Hunde allerdings auch manchmal. Es gibt sogar welche, die speziell dafür ausgebildet werden. Eines muss man über Defibrillatoren unbedingt wissen: sie nehmen dir die Arbeit nicht ab!

Die Symbole, die anzeigen, dass sich in der Nähe ein Defibrillator befindet, gibt es überall in der Stadt. Hunde auch. Sie sind besonders gekennzeichnet. Das sind Hunde allerdings nicht. Manchmal stürmen sie ohne Signal plötzlich auf dich zu, wenn sie nicht an der Leine sind. Das ist Wuffi allerdings immer, zur Sicherheit!

Defibrillatoren sind da, um das Herz zu „re-setten". Das muss man erstmal verstehen. Bei Computern würde man „platt machen" sagen. Die Computerstimme eines Defibrillators sagt dir genau, was du machen sollst, wenn du mal in die Situation kommst, ein Leben zu retten. Die Stimme sagt dir, wohin die Platinen kommen. Hast du sie angebracht und ein Stromstoß wird abgegeben, musst du mindestens 50 cm von der Person entfernt sein. Das sagt dir die Stimme aber auch. Dann beginnt die Arbeit. 30 Mal das Herz anstoßen, dann zwei Mal beatmen. Das Beatmen ist wichtig, obwohl sie häufig in den Medien darüber informieren, dass man es auch weglassen kann. Die Statistik sagt aber, mit dem Beatmen ist die Wahrscheinlichkeit ohne Schäden zu überleben, größer. Also: atmen!

Atmen ist generell nicht verkehrt. Ruhig durchatmen kann einen manchmal sogar richtig weit bringen im Leben!

Wuffi hat manchmal Atemprobleme. Bei Yorkis schiebt sich der Kehldeckel manchmal vor die Luftröhre. Ist halt total überzüchtet diese Terrierart. Sie sind ursprünglich dazu gezüchtet worden, um Ratten zu fangen. Deshalb steht Teddy so hoch im Kurs und aus diesem Grund sind Yorkshire Terrier so klein. So kommen sie in jedes Loch. Gleich nach der Bestimmung als Rattenfänger kam die Sache mit den langen Haaren und den Preisen. Letzteres ist noch nicht ganz vorbei. Einen

Preis würde Wuffi nicht gewinnen, wenn dann den der Herzen und das längst nicht bei allen. Die Gruppe seiner Fans wäre übersichtlich. In jedem Fall ist es wirklich schon eine Weile her, als der Yorkshire Terrier sich vom Wolf losgelöst hat.

Die Menschen und die Wölfe haben sich irgendwann zusammengetan, weil sie feststellten, dass sie die gleiche Nahrung bevorzugen. So kam es dazu, dass die Wölfe neben der Lager der Menschen ausharten. Ab und zu bekamen sie dann die Reste vom über dem Feuer gebratenen Festmahl und ihre Mägen gewöhnten sich an das gekochte Fleisch. Gleichzeitig entstand ihr Bewachergeist, sie fingen an, das Territorium der Menschen zu beschützen. Das macht Wuffi heute noch, und wie! Das können Männer mit Besen, Katzen, undefinierte Geräusche im Treppenhaus und wie gesagt – blöde Lieder im Radio sein. Die Gefahr, die von solchen Liedern ausgeht, ist nicht zu unterschät-

zen! Manche Lieder haben außergewöhn-
lich dümmliche Texte, da ist man manchmal froh, wenn es in einer Sprache ver-
fasst ist, die man nicht versteht oder zumindest ungenügend!

Nun sagt die Forschung, dass die Wölfe
irgendwann angefangen haben zu bellen,
um Kontakt zu den Menschen aufzunehmen. Wuffi nimmt gerne Kontakt auf zu
Menschen! Das Bellen unterstützt er noch,
indem er sich bei besonderen Personen-
gruppen an die Hosenbeine hängt: an den
gemeinen Postboten zum Beispiel. Wuffi
macht da gar keine Unterschiede, ob der
nun verbeamtet ist oder nicht. Nein,
Wuffi behandelt da alle gleich. Das Läs-
tige an den noch wenigen verbeamteten
Postboten ist allerdings, dass sie regelmä-
ßiger kommen, weil sie eben müssen. Die
kommen sogar, wenn die Post an sich
streikt. In den übrigen, den privatisierten
Fällen darf man damit rechnen, dass die
armen überlasteten Mitarbeiter einfach

nicht hinterherkommen mit dem Zalando-Wahn.

Für Wuffi ist es einfach komplett unverständlich, dass ein bereits vertriebener Postbote einfach am nächsten Tag wiederkommt und dann noch dazu so ein lächerliches Stück Papier durch den Schlitz in der Tür steckt. Dieses Papier fällt immer auf Wuffis Kopf, da er schon bei dem ersten Geräusch versucht, sich unter der Tür durchzugraben. Er versäumt nicht, jedes Mal ein gebelltes „das gilt ein für alle Mal" hinterher zu rufen. Ich vermute, er macht sich tiefe Gedanken über Beamte…. Aber sicher wissen werde ich das nie. Ich muss auch zugeben, dass ich ihn selten verstehe. Aber Mühe gibt er sich, das ist keine Frage!

Sehr wahrscheinlich findet er auch mein Verhalten meistens ziemlich unangemessen, es sei denn, ich schnupper an ihm. Das findet er gut.

Wuffi verweist Menschen und Hunde beim Gassi gehen gerne auf die angemessene Abstandshaltung. Fährt ein Fahrrad auf dem Bürgersteig ganz dicht hinter uns oder an uns vorbei, egal ob durch die Klingel vorangekündigt oder nicht, springt er in die Richtung und bäumt sich auf. Laut bellend macht er darauf aufmerksam, dass man mit dem Fahrrad nicht auf dem Bürgersteig fahren soll und schon gar nicht Mensch und Hund von hinten erschrecken darf. Bei kleinen Kindern auf dem Fahrrad ist er manchmal gnädig, aber nicht immer. Das Muster, das er anwendet, kann ich noch nicht so genau deuten. Kinder sollen geschützt vor Autos auf dem Bürgersteig fahren, nur Erwachsenen ist es eigentlich in unserer Stadt untersagt.

Jede Stadt hat ihre eigenen Kapazitäten und Regeln für Fahrradfahrer. Ich glaube, wäre Wuffi ein Mensch, wäre der ideale Job für ihn in der Straßen-Verkehrs-Überwachungs-Behörde zu arbeiten. Vielleicht gibt es die gar nicht, aber sie müsste für Wuffi erschaffen werden, bzw. Wuffi ist ideal erschaffen für diese Form von öffentlichem Dienst. Jedes Mal, wenn jemand bei Rot über die Ampel geht, macht er einen Höllenalarm. Mein Gefühl sagt mir, dass er sowohl für den Innen- als auch für den Außendienst sehr geeignet wäre. Draußen, wie schon dargelegt, besser mit Leine.

Wuffi gehört ganz klar an die Leine. Das kann man gar nicht oft genug sagen. Die Leine kommt mir übrigens manchmal so vor wie eine Nabelschnur. Wir nähren uns gegenseitig über sie mit Informationen. Ohne Filter transportiert sie offensichtlich meine Stimmungen zu ihm. Ungeachtet dessen, ob ich entspannt und fröhlich oder angespannt und gestresst bin. Je nachdem, wie ich an der Leine ziehe, gelegentlich zerre, kommt es in der gleichen Wucht zurück. Ich wünschte, ich hätte mehr Einfluss darauf.

Aber Gefühle sind ehrlich und man hat auch keinen Einfluss auf sie. Wenn man sich im Laufe seines Lebens an das Außen und an andere Menschen anpasst, lernt man, dass man seine Gefühlslage nicht oder nur ganz ausgewählt nach außen präsentieren darf. Natürlich hat das eine gewisse Logik. Wenn menschliche Begegnungen daraus bestehen würden, dass man sich hemmungslos gegenseitig seine Gefühle an den Kopf wirft, wäre die ganze Zivilisation davon getragen. Sie würde aber selbst nichts mehr tragen können. In so einer Welt, jedenfalls glaube ich das, könnte sich nichts entwickeln. Kein Zuhören, keine Rücksicht, keine Einsicht, keine Disziplin, nur man selbst in der eigenen Gefühlssuppe. Keine schöne Vorstellung.

Das Gegenteil ist die Situation, von der ich denke, dass sie recht häufig existiert. Die Haltung, die man einnimmt, ist nicht kongruent mit dem, was man sagt. Wuffi würde, wenn er sprechen könnte, dazu sagen: „Sag doch einfach, dass jemand lügt!" Ich würde antworten: „Lügen ist ein großes Wort." Wuffi würde erwidern: „Ja! Sogar ein dickes und verwerfliches!" Das Gespräch wäre dann zu Ende, weil Wuffi, wie schon erwähnt, kein Freund großer Worte ist. Ich schon mehr, da ich mich schon immer für Kommunikation interessiert und die Theorien dazu verschlungen habe. Allerdings habe ich, während der Beschäftigung mit Kommunikationstheorien, das immer so verstanden, dass man nicht nichts sagen kann. Auch ohne Worte sendet man Statements in die Welt. Das tut man mit Worten natürlich erst recht, diese müssen nur nicht immer mit der eigenen Haltung etwas zu tun haben.

Wuffi kann diese Verhältnisse schnell entschlüsseln. Das ist wirklich ein interessantes Phänomen. Menschen, die durch Schädigungen am Gehirn an Aphasien leiden, können das Gefühl für Sprache und ihre Bedeutung auf vielerlei Wegen verlieren. Menschen, die aufgrund eines Ausfalls im Gehirn plötzlich keine Intonation, Sprachmelodie oder Mimik verstehen, müssen alles Gesagte sehr wörtlich nehmen. Sie können auf keinerlei Zusatzinformation zurückgreifen. Jeder kennt das Missverständnis, das daraus entsteht, wenn jemand anderes alles wörtlich nimmt. Jede Ironie ist hoffnungslos verloren und verhungert am ausgestreckten Arm. Bei Hirnschädigungen anderer Art gibt es die Einschränkung, dass Menschen den Wortinhalt nicht mehr verstehen, aber ihr feines Gespür für Takt und Melodie von Sprache erhalten bleibt. Sie entlarven jede Lüge, weil sich für sie ein seltsames Bild des Redners ergibt. Nicht selten brechen sie in Gelächter darüber aus. Auf jeden Fall sind sie an der Wahrheit näher dran als jeder andere. Wenn ich Wuffis Sprachkompetenz so wie zuletzt beschreiben darf, wäre der Nagel ziemlich auf den Kopf getroffen. Jedenfalls

würde ich das jetzt einfach mal so behaupten.

Wuffi hasst Lügen. Und ehrlich gesagt,
das tue ich auch! Die Energie, die von solchen Menschen ausgeht, kann einem bis
zu einem halben Tag versauen. Ohne
Scheiß! Das ist meine Erfahrung. Bis zu einem halben Tag! das ist ein halber Tag
komplett verschwendete Lebenszeit! Das
ist nahezu ein Aufruf dazu, Wuffi immer
vorneweg marschieren zu lassen, weil der
die Guten und die Schlechten nach seiner
Art sauber trennt und ich es viel leichter
hätte, zu erkennen, mit wem sich wohl
eine schöne und interessante Begegnung
ergibt und mit wem nicht.

Wenn er sprechen könnte, würde er
wahrscheinlich ständig sagen: „Im Leben
muss man Risiken eingehen, sonst plät-
schert es nur dahin." Er legt diese Haltung für sich sogar so brutal aus, dass er
erstmal pauschal jeden größeren Hund
anknurrt und als vollendete Provokation
mit den Pfoten auf dem Boden scharrt. Er

würde das sogar mit einem Wildschwein so machen. Die gibt es ja in der Stadt zum Glück noch relativ selten. Ich habe ihm gefühlt schon fünfzig Mal das Leben gerettet, indem ich ihn bei so einem Gebärden einfach mal aus der Schusslinie hebe, in die er sich regelmäßig und ohne große Umschweife begibt.

Wuffi versteht nur „Sitz!" Andere Bedeutungen klaubt er sich mit seinen Mitteln zusammen, und sei das Mittel seine Schwäche für Leberwurst. Bei Leberwurst gleitet jede Meinung von Wuffi in den Hintergrund und er findet grundsätzlich alles gut für so lange, wie Leberwurst an etwas klebt. Das „etwas" kann Mensch oder Gegenstand sein. Es wird von ihm angebetet, bis die Wurst alle ist.

Häufig wird er unruhig, wenn ich mich mit etwas Kreativem beschäftige. Wenn er dabei zusehen muss, dass sich Dinge in meinem Kopf und in meinem Herzen bewegen. Dass ich zum Beispiel rumlaufe, mit mir selbst spreche und dann plötzlich eine Idee habe. Wenn ich krank darnieder liege, ist er fast immer solidarisch mit krank. Irgendwie ist das auch gut für mich. Wenn ich mich dann um ihn kümmern muss, vergesse ich dabei, mich nur um mich selbst zu drehen.

Kapitel 1

Verlassen sein

Irgendwie fühlt es sich immer wieder gleich an. Sie hört im Schlafzimmer das Schließen der Schnallen am Koffer und gießt sich einen neuen Kaffee ein. Sie sitzt stumm in der Küche. Vielleicht würde es in dieser bekannten Welle nochmals über sie hineinbrechen. „Die Ruhe danach ist aber noch schlimmer", das weiß sie.

Neulich hatte sie gelesen, dass die Erfindung des Kühlschranks mitgeholfen habe, dass Frauen sich emanzipieren konnten. Dadurch, dass Lebensmittel jetzt länger haltbar waren, konnten die Frauen aus dem Haus gehen und arbeiten. „Das hätte sie auch machen können, das mit dem Emanzipieren und Arbeiten", denkt sie. Bei ihnen zu Hause hat der Kühlschrank in den letzten elf Jahren hauptsächlich dafür gesorgt, sein Bier für den Feierabend zu kühlen.

Jahrgang 1950, sie hätte studieren können. Natürlich hätte sie dafür Abitur machen müssen. Aber so hätte sie vielleicht auf dieser Flower-Power-Welle der 70er mitreiten können. Die Welle war irgendwie an ihr vorbei geschwappt. Die Eltern haben ihr auch nichts Besonderes vorgelebt oder ihr in irgendeiner Art und Weise Mut für Veränderungen eingehaucht.

Ein bisschen trostlos war das Großwerden. Der Vater hatte eine kleine Anstellung im Feinkostladen um die Ecke, die Mutter ging stundenweise putzen. Alles war eingespielt zwischen ihnen, es gab kaum Streit. Sie sprachen manchmal davon, dass sie viel durchgemacht hatten. Aber eigentlich lag immer ein großes Schweigen in der Luft. Ab und zu glänzten ihre Augen, wenn sie von den goldenen Zwanzigern redeten. Sie hatten die zweite Hälfte im zarten Alter von 17 Jahren sehr genossen, betonten sie, wenn die Sprache darauf kam. Sie hatten sich gerade kennen gelernt und alle Nächte durchgetanzt, zumindest in ihrer Erinnerung. Dieselbe brach immer ab, als das Jahrzehnt wechselte.

Es blieb völlig im Unklaren, was dann mit ihnen passierte. Die Vermutung lag immer nahe, dass sie irgendwie auch mitgemacht haben bei den Nazis. Auf jeden Fall hatten sie nichts aktiv verhindert. Das Schweigen darüber lag manchmal wie ein dichter Nebel in der Wohnung, man hätte ihn durchschneiden können. Die Flower-Power-Kinder hatten irgendwann genug von diesem Schweigen, die haben lautstark nachgefragt. Naja, Flower-Power…. Das war doch die Welle, die vorbeiging.

Mit Zwanzig hatte sie geheiratet. Das war gut so und kam im richtigen Augenblick. Sie hatte gerade ihre Ausbildung im

Hotel beendet. Die Ausbildungszeit war eine schöne Zeit. Im Hotel lag immer der Duft der großen weiten Welt. Der roch ganz anders als der des Schweigens. Am meisten genoss sie die Tage, in der sie an der Rezeption eingesetzt war. Zu dieser Zeit war ihr Englisch ganz ordentlich, das hatte sie in den Jahren nachher zumindest immer ihren Freunden und Bekannten gegenüber behauptet. Gelogen war es sicherlich nicht, denn alles, was man mit Leidenschaft lernt und tut, kann man auch gut.

Die Ehe ging nicht gut. Dabei hatte sie doch alles nach dem Vorbild ihrer Eltern getan. Sie blieb zu Hause, kochte das Essen, jaja dank und trotz des Kühlschranks, wie sie jetzt seit Kurzem weiß. Den hätte sie anders nutzen können. Der ist im Grunde zu Größerem berufen als nur das Bier zu kühlen.

Nach der Scheidung gab es verschiedene Männer. Die Beziehungen waren mal kurz, mal lang. Das Erfolgsrezept für eine Beziehung ist ihr bis heute nicht klar, sie hatte sich doch immer gleich verhalten… oder ist das genau der Grund für das Scheitern?

Inzwischen hatte er fertig gepackt und rollt den Koffer zur Tür. Sie gießt sich noch einen Kaffee ein. Selbst den hatte sie all die Jahre immer gleich getrunken: schwarz. Schon als junge Frau war der Kommentar der Eltern dazu: „Du willst wohl noch schöner werden". Diese Redewendung hat eine ganze Generation vor sich hingesprochen. Was würden diese Menschen heute zum Beruf des Baristas kommentieren oder wie gut würde es ihnen heute noch gelingen, einen normalen Kaffee bei Starbucks zu bestellen? Und Starbucks ist nicht das einzige, was in diese sich ständig verändernde Welt hineingebrochen ist.

„Tschüss" sagt er und geht. Das war`s. Was soll man auch bei einer Trennung sagen, wenn man die Beziehung hindurch geschwiegen hat? Im Prinzip kennt sie sich mit Trennung inzwischen ganz gut aus. Mit Schweigen auch. Weh tut es jedes Mal trotzdem. Das Gefühl, gescheitert zu sein, mischt sich immer rein.

„Männer tun immer das, wonach ihnen gerade der Sinn steht", denkt sie. „Vielleicht gibt das ja dem Leben wenigstens irgendeinen Sinn, für die Hälfte der Menschheit zumindest", führt sie ihre Gedanken fort. Vielleicht hätte es auch ihrem Leben mehr Sinn verliehen, wenn sie sich genauso verhalten hätte. Wer kann das schon so genau sagen, wenn 70 Jahre Leben gelebt ist? Wenn man mit dem Wissen von heute nochmal anfangen könnte…. Nein, das geht nicht! Man müsste dafür das Wissen aufgeben. Alles platt machen, von vorn beginnen.

Sie geht ins Bad, um sich zurechtzumachen. Sie betrachtet sich im Spiegel. Alt ist sie geworden, obwohl sich nur ein paar graue Strähnen in ihr blondes Haar reingewebt haben. Ihre Kleidung hatte gewöhnlich keine richtige Farbe, sie bevorzugte schon immer grau und schwarz. „Sagt ja auch irgendwie alles", denkt sie.

Sie will für heute noch ein paar Lebensmittel einkaufen. Jetzt muss sie nur noch für sich selbst einkaufen gehen. „Hat auch Vorteile, das Ganze", kommt ihr in den Kopf. Die Rente ist ohnehin klein. Kein langes Arbeitsleben, keine Kinder. Kinder hätte sie gerne gehabt. Hat aber irgendwie nie so richtig geklappt. Sie überlegt, ob sie dann weniger einsam wäre, so jetzt im Alter. Allerdings gibt es ja keine Garantie dafür, dass die Kinder bei einem bleiben. Sie hat immer gerne auf die Nachbarskinder aufgepasst, wenn die Mütter mal in Not waren und jemanden brauchten. Es schien so, als wären alle immer gerne zu ihnen gekommen. Was wohl aus ihnen geworden ist?

Die kleine Susanne, die ihren Kuchen so gerne mochte. Der kleine Peter, der sich erstmal eine halbe Stunde unter dem Küchentisch versteckte, bevor der Duft von Lakritze ihn hervorlockte. „Komisch", denkt sie, „das hat er jedes Mal gemacht, jahrelang. Ob er wohl immer noch so misstrauisch ist?"

Kapitel 2

Aus dem Krieg

Ausgebombt! Berlin Tiergarten 1943. Der Kaffee war ihm zu Zeiten des Krieges, der Nachkriegsjahre, vor allem auf dem Schwarzmarkt, in den Zeiten des geteilten Deutschlands im Paket mit sog. Luxusartikeln wie Seife und Deodorant die stabilste und vertrauteste Währung, gleich nach der Zigarette. Am liebsten genießt er beides gleichzeitig, auch heute noch.

Beides tröstet ein wenig über die Einsamkeit hinweg. Wie übrig geblieben fühlt er sich, ein reiches Leben hinter sich. Nicht finanziell, aber mit lieben Menschen aus der Familie und dem Freundeskreis. Allesamt sind sie gestorben, selbst die, die jünger waren als er.

„Es war ganz sicher keine schlechte Idee, das Haus zu verkaufen", sagt er leise vor sich hin. Das Haus, in dem er und seine Familie über 50 Jahre lebten. Er ging in ein Altenheim. Ja, er ließ sich sogar jede Menge Entscheidungszeit und schaute sich viele an. „Die Elisabeth hätte sich schneller und früher entscheiden und mir haarklein die Vorzüge eines jeden Heimes aufzählen können", denkt er. Elisabeth war seine Frau. Der liebe Gott hatte es gut mit ihm gemeint. Das sagten auch seine Freunde immer zu ihm. Sie war stets positiv, „bis zum letzten Atemzug", sagt er ganz leise. Sie hatte Krebs. Sie war tapfer und das sehr lange. Sie lächelte ihm sogar noch vom Sterbebett entgegen, wenn ihr Zustand ihr das noch erlaubte.

Nun ist das Heim voller Menschen in seinem Alter und mit so manchem lässt sich auch gut auskommen. Trotzdem steht die Einsamkeit morgens einfach so in der Ecke wie kalter Kaffee.

Sie hatten es gerade noch geschafft. Er und seine Frau konnten in den Westen fliehen, so kurz vor dem Mauerbau. Die ganze Familie haben sie zurück gelassen und das hat die Entscheidung auch so schwer gemacht. Die Jahre bis zur Wiedervereinigung waren gefüllt von Urlauben „in der Zone", einmal im Jahr. Öfter durften sie nicht. Sie schickten Pakete rüber, so oft sie es sich selbst leisten konnten. Die Pakete waren immer bestückt mit Kaffee. Kaffee – das Produkt, das immer Genuss verspricht, egal wie schlimm die Zeiten auch sind. Sogar der Hauch von Luxus des exotischen Getränks bleibt erhalten, egal wie schön die Zeiten auch sind.

Ins Heim durfte nicht viel mitgehen. Er musste viele Möbel verkaufen und abgeben. In der heutigen Zeit wollen die Menschen aber keine gebrauchten Möbel kaufen. Für einen selbst sind sie unendlich viel wert, für die anderen nichts.

Einen Wert konnte er sich jedoch mit Hilfe von Kaffee bewahren: seinen geliebten Stuhl musste er zwar abgeben, denn im Heim gab es nicht genügend Platz. Aber er hatte eine gute Idee: er bot ihn kurzerhand für zwei Packungen Kaffee zum Verkauf in einer Anzeigenzeitung an. Am nächsten Tag kam eine junge Frau und holte den Stuhl ab. Es ergab sich ein wunderbares Gespräch und das gegenseitige Bekunden in Kontakt zu bleiben. Das Gefühl, dass der Stuhl jetzt in sehr guten und liebevollen Händen ist, hat schon einen großen Wert an sich. Es gibt aber noch mehr: seitdem telefonieren beide einmal die Woche und er erzählt ihr von früher. Das Gespräch dauert immer eine Tasse Kaffee, das haben beide so vereinbart. Das wöchentliche Telefonat ist ihm unheimlich wertvoll und gehört zum schönsten Teil der Woche. Es lenkt so wunderbar ab vom Schmerz des Verlustes und erfrischt den Geist. „Dieser jungen Frau kann man einfach alles erzählen und sie versteht es", denkt er. Manchmal schummelt er ein wenig und trinkt den Kaffee extra langsam. Ab und zu lässt er einfach einen kleinen Schluck in der Tasse und behauptet, er sei noch nicht fertig. Dann ist da kalter Kaffee in der Tasse, nützlicher kalter Kaffee. Denn manchmal muss man sich etwas von der Seele reden, auch wenn es in den Augen anderer schon kalter Kaffee ist.

Heute war es wieder ein schönes und lebendiges Telefonat. Sie beendeten es in einem sehr fröhlichen Ton. Sie wolle jetzt noch eine Freundin treffen, in der Stadt. Das sagte sie zu ihm. Er selbst möchte auch an die frische Luft. Etwas behäbig steht er auf und zieht seine braune Jacke an. Obwohl es heute nicht allzu kalt ist, setzt er seinen schwarzen Hut auf. Das macht er eigentlich aus reiner Gewohnheit. Das hat schon lange nichts mehr mit dem Wetter zu tun. Er nimmt sein Portemonnaie und denkt noch darüber nach, wie schön es wäre noch ein weiteres Ziel außer dem Kiosk zu haben. Beim Kiosk holt er sich seine wöchentlichen Zeitungen und genießt auch dort jedes Gespräch. Die Tür zieht er nach sich zu. Unten im Foyer begegnet er noch der Dame aus dem ersten Stock. Sie ist immer sehr elegant gekleidet und grüßt freundlich. Mehr weiß er nicht über sie. „Schade eigentlich", denkt er. „Für mehr Information muss man sich auch trauen."

Er tritt auf die Straße und sieht, dass die elegante Dame aus dem ersten Stock ebenfalls die Richtung eingeschlagen hat, in die er auch gehen möchte. Allerdings ist sie schneller zu Fuß als er, also verliert er sie nach einiger Zeit aus den Augen.

Kapitel 3

Kindliche Angst

So richtig sicher fühlt er sich nur auf seinem schnellen Rennrad. Manchmal steigt sogar das Gefühl von Mächtigkeit in ihm auf, wenn er so durch die Stadt flitzt. Dieses Gefühl lässt sich sogar erhöhen, wenn er auf den Bürgersteigen fährt. Dem kann er zwischendurch nicht widerstehen. Es ist eine so willkommene Abwechslung von diesem peinigenden Gefühl der Angst, das ihn überwiegend begleitet, auch auf seinen Radtouren.

Er fühlt sich ständig irgendwie so als sei er in Zwischenstadien gefangen. Es ist immer entweder kurz vor unheimlich gut oder kurz vor unfassbar elend. Alleine kommt er aus diesem Gefühl nicht heraus. Das weiß er. Und es ist schon so, solange er denken kann. Wenn es hochkommt, muss er auf die Jagd. Das klingt seltsam, lässt sich aber nicht anders beschreiben. Er braucht Energie. Dabei ist ihm egal, ob es positive oder negative Energie ist. Es ist wie eine Sucht. Er kann dem nicht entrinnen.

Er hat keine Freunde. Wenn er Menschen kennen lernt, ist dies selten von Dauer. Dauerhaft können nur Menschen bleiben, denen es gelingt, sich großzügig abzugrenzen. Auf den ersten Blick ist er charmant. Nur kann er das nicht lange durchhalten.

Für ihn sind die anderen immer schuld. Stoisch brennen sich die Namen der Personen in ihm ein, die ihn abgehalten haben, groß rauszukommen. Die eine Freundin, die sein ganzes Leben und alle Beziehungen danach ruiniert hat. Der böse Auftraggeber, der nicht die volle Summe der Rechnung bezahlt hatte und damit seinen Malerbetrieb ruinierte, den er sich ein halbes Jahr zuvor unter Zuhilfenahme eines ziemlich großen Kredites aufgebaut hatte. Dieser brutale Vermieter, der ihn dann aus seiner Wohnung vertrieben hat.

Den biografischen Teil mit der Wohnung hat er für sich allerdings ein wenig umgedeutet. Meistens um damit anzugeben. Er erzählt, er habe die Wohnung einfach verlassen und sei dann untergetaucht. Bekannte, die diese Geschichte von ihm hören, versehen mit diesem aufschneiderischen Unterton, dem Schicksal ein Schnäppchen geschlagen zu haben, fühlen sich immer sehr befremdet. Besonders die, die schon sechs Mal mit ihrer Hermann Hesse Büchersammlung umgezogen sind. Nicht im Traum würden sie darauf kommen, die irgendwo stehen zu lassen mitsamt der Krimi-Reihe von Bernhard Schlink und den Werken von Focault, die sie im Übrigen nie verstanden haben, aber was soll`s? Hermann Hesse haben sie zwar nur einmal gelesen, mit 17. Da haben das alle gemacht. Trotz wenig Chance auf ein zweites Mal, ziehen die Bücher selbstverständlich mit. Ein Werk, das das Zeug hat durch mehrere Hände zu gehen, ist die „Lektüre für Minuten". Die ist schon in das sechste Klo eingezogen und je nachdem wie viele Freunde man hat und wie gastfreundlich man sich zeigt, könnte sich die Erkenntnis, die man aus der Leidenschaft für Hesse auf fremden Klos zieht, in der Welt multiplizieren.

Man sagt, so etwas beginnt in der Kindheit. Es hat wohl irgendwas mit Angst zu tun. Angst vor dem Versagen. Angst vor dem Verlieren. Angst, nicht geliebt zu werden. Angst davor, peinlich zu sein. Angst davor, nur eine kleine Nummer zu sein.

Weil die Angst so schrecklich ist, kann er ihr nur entgehen, indem er sie an andere Menschen weiterschickt. Wenn ihm das zwischendurch mal gelingt, fühlt es sich an wie einen kleinen Moment zur Ruhe zu kommen. Einen kleinen Moment. Mehr nicht.

Kapitel 4

Auf frischer Tat

Sein Trick war, in der S-Bahn zu warten bis die Menschen eingeschlafen sind, um ihnen dann das Handy aus der Tasche zu ziehen. Er hat über Monate seine Methode verfeinert und wusste irgendwann ziemlich sicher zu welcher Uhrzeit und in welchem Waggon die Gelegenheit am besten sein sollte.

Er kommt aus einem Land, in dem es viel härter bestraft wird als bei uns, sollte man dabei erwischt werden. Trotzdem ist es dort oft die einzige Möglichkeit, Geld für das Leben zusammen zu kratzen. Seine Familie ist kinderreich, genau wie die seiner Eltern und Großeltern. Der Vater, ein strenger Patriarchat, hat ihn mit fünfzehn Jahren des Hauses verwiesen. „Niemals solle ihm einfallen zurückzukehren", rief er ihm hinterher. Er hatte ihn beim Klauen erwischt.

Er schlug sich bis zur nächsten Stadt durch, gelangte schließlich auf eins der Flüchtlingsboote. Was er dort erlebt hat, wird er erst später einmal im Knast erzählen. Und auch das erst, nachdem er genügend Deutsch gelernt hatte und sich jemand für seine Geschichte interessierte.

Das S-Bahn-Netz von der Stadt, in die er gelangte, um dort einen Antrag auf Asyl zu stellen, war das erste, was er sich erschließen konnte und mittlerweile besser kennt als jeder Einheimische. Auch bei Abfrage des U-Bahn-Netzes kann er wie aus der Pistole geschossen sagen, an welcher Haltestelle die Leute mit Geld zusteigen und auch, wo sie wieder aussteigen. „Handwerkszeug" nennt er das, inzwischen verwendet er den deutschen Begriff dazu. Es gelingt ihm aber noch nicht so gut, dieses Wort zu abstrahieren, geschweige denn die ursprüngliche Bedeutung zu erahnen.

Ein halbes Jahr ging es gut, sogar sehr gut. Er lernte junge Männer kennen, die inzwischen auch auf diesen Zug aufgesprungen waren. Sie entdeckten, dass gemeinsame Fahrten mehr Ausbeute brachten und viel sicherer waren, wenn man es darauf bezieht, nicht erwischt zu werden.

Beim LKA musste man diese dann doch relativ neue, aber schon sehr systematisierte Methode entdecken und entschlüsseln. Um sich auf die Lauer zu legen, musste man das S-Bahn-Netz auf dieselbe Art und Weise betrachten und bewerten. Aber weil es eine gewisse Logik in sich birgt, war diese Arbeit schnell erledigt.

Also sollte es dazu kommen, dass sich mehrere LKA-Beamten die Nachtschichten teilten und sich angeblich schlafend in die S-Bahn legten. Irgendwann konnten sie ihn festnehmen. Es war in der U 3. Er ärgerte sich sofort über sich selbst, da er schon erkannt hatte, dass das Geschäft in den S-Bahnen wesentlich geschmeidiger lief. Im Prinzip hatte er nach einem schönen Abend mit seinen neuen Freunden auch nur zu seinem Schlafplatz am Hafen fahren wollen. Und dann saß da schlafend diese junge Frau, die offensichtlich auch einen schönen Abend hatte. „Komisch", dachte er noch in diesem Moment. „In meinem Land würden sich Frauen niemals so sicher fühlen, dass sie nachts in Zügen einschlafen. Sie wären nachts überhaupt nicht unterwegs." Noch dazu war es ungewöhnlich leer in dieser U-Bahn, die im Prinzip Tag und Nacht so gefüllt ist, dass man meistens nicht mal einen Sitzplatz findet.

Obwohl er überhaupt nicht mit der Absicht zu stehlen in den hinteren Waggon eingestiegen war, schien ihn die Gelegenheit zu reizen. Es ging auch ganz leicht, sie schlief tief und fest. Man könnte sogar behaupten, dass er ein wenig berührt war. „In so einem Moment könnte man noch ganz andere Dinge mit ihr machen", dachte er weiter, natürlich in seiner Muttersprache, die für gewöhnlich noch ganz andere moralische und ethische Werte transportiert. An der nächsten Haltestelle wechselte er in einen Waggon davor. Er wollte nicht, dass sie aufwacht und den Diebstahl bemerkt und womöglich ihn für den Täter hält. „Hoffentlich steigt jetzt nicht jemand ein, der noch viel Böseres im Schilde führt."

In dem zweiten Waggon lagen mehrere schlafende Männer. Er setzte sich dem gegenüber, der am schläfrigsten, aber auch am schmächtigsten erschien, falls es zu einem Kampf käme. Als seine Finger in die Jackentasche des Gegenübers glitten, klickten genau an diesem Arm die Handschellen. Mit der freien Hand konnte er gerade noch das Fenster öffnen und das gerade gestohlene Handy hinauswerfen. Das konnte man jetzt wenigstens nicht mehr bei ihm sichern.

Die erste Nacht in Polizeigewahrsam hatte fast etwas Erleichterndes. Es war die erste Nacht in dieser Stadt, in der er sich keinen Schlafplatz suchen musste.

Kapitel 5

Der König

Sein ganzes Leben lang wurde er wie ein König behandelt. Er selbst ist auch davon überzeugt, dass ihm die bevorzugte Behandlung gebührt. O.k. vielleicht nicht gerade als er ganz frisch auf die Welt gekommen war. Aber den Podest, den seine Eltern für ihn hergerichtet hatten, bestieg er im Alter von zwei Jahren. Alles Erdenkliche versuchten sie ihm recht zu machen. Zum größten Teil aus den besten Absichten heraus. Aber sehr schnell konnte niemand mehr etwas recht machen, in seiner Wahrnehmung.

Es gab natürlich noch einige Menschen in seinem Leben, die es trotzdem versucht haben. Das mit dem „recht machen". Es ist niemandem geglückt. Wenn jemand anders ein Resümee über sein Leben ziehen würde, würde es nicht besonders positiv ausfallen. Aber er hat sich das nie erbeten. Für ihn zählt nur sein eigenes Resümee. Selbst das ist, jetzt im fortgeschrittenen Alter, eher von Bitterkeit und Zynismus durchzogen. Weil es ihm keiner

recht gemacht hat, in seiner Wahrnehmung.

Vom Vater protegiert und von der Mutter verhätschelt wuchs er in den eigenen
Betrieb hinein. Schnell entwickelte er von
sich die Meinung ein rechter Frühaufste-
her zu sein, umgeben von Schlafmützen
und Faulpelzen. Als der Vater die Ge-
schäftsführung an ihn abgab, kündigte
am selben Tag der Hälfte der Belegschaft.
Als der Vater starb, zog er zurück zur
Mutter. Irgendwie schien sie am Ende der
einzige Mensch zu sein, der sich noch
über seine Anwesenheit freute. Mit abso-
luter Sicherheit kann man das aber jetzt
nicht mehr sagen. In ihre wirkliche Ge-
fühlswelt ließ sie niemanden blicken. Als
sie hinfällig wurde, beschloss er sofort sie
in ein Pflegeheim zu geben. Er besuchte
sie in den zwei Jahren, die zwischen Ein-
zug und Tod im Pflegeheim lagen, genau
einmal. Er sah keine Veranlassung ihr
Elend mit sich selbst in Verbindung zu
bringen.

Den Betrieb führte er auf einer direkten Zielgeraden in den Konkurs. Die verbleibenden Mitarbeiter und Mitarbeiterinnen erhielten für die letzten drei Monate ihrer Betriebszugehörigkeit auch keinen Lohn mehr. Er holte sie auch nicht ins Boot, verweigerte ihnen jegliche Informationen. Der Betrieb fuhr an die Wand. An dem Tag, an dem er Insolvenz anmeldete, nahm er seinen Hut und gab alles an den Insolvenzverwalter. Keinen einzigen Tag mehr dachte er danach an die Firma. Er hatte nie großartig Urlaub gemacht. Mit wem auch? Man hörte, dass er nach dem Bankrott ab und zu mal in die Schweiz gefahren ist.

Auf der Straße geht er gewöhnlich seiner Wege. Er achtet auf niemandem und ist gewohnt, dass man ihm ausweicht. Wie ein König eben.

Heute Morgen will er sich nur kurz die Beine vertreten. Er ist, wie gewöhnlich an jedem Tag, in so einer gemischten Gefühlslage von Niedergeschlagenheit und

Hass auf die Welt. „Was soll ich heute anziehen?", denkt er und lässt ein verächtliches Pfeifen durch die Lippen. Dieses Pfeifen hat er sich schon im Jugendalter angewöhnt. Die Menschen, die ihn nach und nach mieden, haben spätestens damit begonnen, wenn er pfiff. Es ist ein wirklich ekliger Ton. Nicht laut, aber in einer hohen Frequenzlage.

Er geht raus, ist ziellos. Er hat keinen Ort, zu dem er gehen kann. Es gibt keine Freunde, die er besuchen kann. Er nimmt die Richtung Innenstadt, weil diese Richtung ein bisschen Leben verspricht.

Kapitel 6

Handydaten

Ihr Handy war unauffindbar. Sie hatte gefeiert. Dann war sie mit der U-Bahn nach Hause gefahren. Sie konnte sich erinnern, kurz eingeschlafen zu sein. Erst zu Hause hatte sie bemerkt, dass das Handy nicht mehr da war. Es war so ein schöner Abend! Gefeiert, geredet, getrunken, jemand tolles kennen gelernt, dessen Handynummer sie sogar ergattern konnte. Sie gehört nicht mehr der Generation an, deren Frauen tagelang vor dem Telefon sitzen und warten, dass es klingelt.

Gott sei Dank sind diese Zeiten auch vorbei! Wir erinnern uns noch gut daran, als das weibliche Geschlecht vor dem Ding mit der Wählscheibe und später auch Tasten wahlweise steht, sitzt oder auch liegt und sämtliche Kontrollvorgänge am Gerät vornimmt, stets mit der leisen Befürchtung, es sei just in diesem Moment kaputt gegangen.

Ganz entspannt hätte sie ihn am nächsten Vormittag angerufen und gefragt, was an einem Samstag denn noch so ginge.

„Selbst wenn nichts gegangen wäre, bekommt man es ja nicht raus, wenn man nicht fragt" ist grundsätzlich ihre Haltung.

Sie überlegt, wen sie jetzt auch dazu nicht mehr anrufen kann. Und weiter, dass sie auch überhaupt nicht erreichbar ist, für niemanden. Diese Generation hat das Festnetz komplett abgeschafft. Ein Fortschritt? Man weiß es nicht. In solchen Augenblicken könnte man daran zweifeln.

Eine Stunde später, nachdem sie sich einen Kaffee gekocht und ein ausgiebiges Frühstück gemacht hatte, kann sie sich des Gedankens nicht erwehren, dass ohne Handy zu sein auch etwas Entschleunigendes hat. Zwei Stunden später hat sie ein Buch in der Hand. So vergeht der ganze Tag. Auch ein zweiter, an dessen Abend zwei Polizeibeamtinnen vor ihrer Tür stehen und klingeln. Sie entschuldigen sich für die späte Reaktion. Das Handy sei schon am Vortag abgegeben worden, aber weil es möglicherweise mit einem Kriminalfall in Verbindung stehe, habe erst die KTU drauf schauen müssen.

Kapitel 7

Alles so 60er

Endlich mal raus, endlich mal Urlaub. Schon bei der Fahrt wurde die Landschaft so anders. Wenn man vom Norden Deutschlands in den Süden fährt, wird es nach dem Münsterland ab Wuppertal so schön kurvig und es geht bergaufwärts und wieder abwärts. Das Autofahren macht dann Spaß, weil man dann etwas zu tun hat. Der Norden ist flach und die Menschen sind distanziert, sagt man so. Der Süden sei kuscheliger. Die erste Station am Dreiländer-Eck war es auf jeden Fall.

Gegenüber stand ein 60er Jahre Zigarettenautomat auf zwei Stelzen. So einer, bei dem man seine Identität noch nicht nachweisen muss und wo man nicht theoretisch, sondern auch praktisch Kippen rausholen kann, wenn man erst 12 ist. Früher war das nur so. Ganz früher haben die Deutschen, so in den 60ern, das Reisen entdeckt. Auf diesem Weg sind sie nach Frankreich eingereist. Italien war genauso beliebt. Und als man zurückkam wollte man in jedem Fall den Café au lait oder den Espresso zu Hause trinken. Ob man damals alles andere in den Urlaubsländern belassen und nur den Kaffeegeschmack ins eigene Repertoire integrieren wollte, ist jetzt gar nicht mehr rauszukriegen.

Schön ist es hier! So verwunschen, so wie 60 Jahre eingeschlafen, aber schön! Er stieg aus dem Wagen und schaute sich seine Übernachtungsgelegenheit auf der Durchreise genauer an. Dann machte er kehrt und ging zum Zigarettenautomaten. Lord extra war die Marke damals, die alle geraucht haben. „Die steckt in diesem

Automaten aber nicht drin, schade", denkt er. Das wäre es jetzt gewesen!

Damals waren die Deutschen in Scharen in den Süden gereist. Sie hatten anscheinend keine Angst vor dem Fremden. Immerhin ja auch die Feinde von damals. Mit Frankreich war in den 60ern noch gar nichts gut, die deutsch-französische Freundschaft scheint sich gerade aktuell auf stabile Beine zu stellen.

Die Angst vor dem Fremden? Ein Überbleibsel der Evolution, gefühlsmäßig kollektiv abgespeichert. Der Verstand kommt dagegen anscheinend nicht an. Wir wissen es doch jetzt besser! Es scheint aber so, als vergrößere sich die Angst wieder. Sie wird durch die sozialen Medien häufig erst richtig entfacht. Dabei war es noch nie so leicht wie heute, ohne Gefahr für Leib und Leben Kontakt zu Menschen aufzubauen.

Er hat immer wandernd neue Gegenden erkundet. Häufig sich gerade dabei in

Landschaften verliebt. Der französische Lavendel war Liebe auf dem ersten Blick. Bei seinen längeren Spaziergängen ist ihm regelmäßig die Frage nach dem Sinn des Lebens in den Kopf gesprungen. Neulich kam ihm der Gedanke, dass sich die Gespräche mit Freunden und Bekannten immer häufiger um das Glück drehen. „Wie ein Trend scheint das geworden zu sein", denkt er weiter, als sich der Weg durch ein Weinanbaugebiet schlängelt. Es gibt ganze Seminare über das Glück und immerhin die Erkenntnis, dass man es nicht herausfordern darf, dass es zu einem kommt und dass es im Kleinen zu finden ist. Manchmal reiche es aus, dass ein kleines Eichhörnchen den Weg kreuzt. Er schmunzelt, weil er zugeben muss, dass ein Eichhörnchen immer und zu 100% dafür sorgt, dass sich seine Stimmung hebt. Seitdem er gehört hat, dass Eichhörnchen auf Plattdeutsch „Plüschmors" heißt, muss er nur noch an Eichhörnchen denken und er fühlt das kleine Glück.

„Das kleine und meinetwegen auch mal das ganz große Glück macht das Leben lebenswert, keine Frage", denkt er. „Aber entfacht lange nicht die gleiche Kraft, die Menschen spüren, wenn sie in ihrem Leben einen Sinn sehen. Wenn sie sich engagieren, wenn sie sich einsetzen für andere Menschen oder für wichtige Bereiche rund um das Leben."

„Darf man sich eigentlich unbedarft hier aufhalten? Sich an Relikten erfreuen, die noch ganz eindeutig davon geprägt sind, dass man Europa zwei Mal in Schutt und Asche gelegt hat? Kann eine spätere Generation Wiedergutmachung leisten? Für wen wäre die Wiedergutmachung erleichternder? Für die, die Schlimmstes erlitten haben? Die noch heute die Macht des Unvergessbaren spüren, gerade weil auch sie die Mauer des Schweigens mitten im Wohnzimmer ihrer Wohnhäuser stehen hatten? Oder doch für die, deren Großeltern, Väter und Mütter Täter waren? Wäre es dann mit einer Entschuldigung weg? Oder dauert das Verzeihen einfach an und ist nie zu Ende? Und ist es vielleicht auch gut, dass es nie zu Ende ist? Weil sich Freunde der Zerbrechlichkeit von Freundschaft immer bewusst sein sollen? Morgen Abend wird er mit einem Glas Pernod zu einem Baguette, einem jambon-beurre, in einem der mittelalterlich anmutenden Dörfer der Provence zu Abend essen. Das Baguette, dem ganz frisch der Antrag auf ein Unesco Weltkulturerbe anhaftet und das es auch schon seit dem Mittelalter gibt."

Es gibt bereits einen sicheren Ort für ihn, an dem es sich immer so anfühlt als funktioniere das mit der deutsch-französischen Freundschaft schon sehr gut. Er müsste noch andere Orte entdecken. Er müsste für sich einfach die Atmosphäre schaffen, die sich für ihn sicher anfühlt.

Die sichere Atmosphäre ist die, still und eher abwartend in einem schönen Café oder Restaurant zu sitzen und essend und trinkend abzuwarten, ob sich ein Gespräch ergibt. Der Pernod lockert die Zunge, der darf gar nicht fehlen.

„Ich mache es einfach. Für Freundschaft braucht man Mut. Und wenn es bedeutet, irgendwo sitzen zu bleiben und vielleicht lange zu warten, dann gerne auch das. Und gerne auch immer wieder!", sinniert er fort.

Die Weiterfahrt am nächsten Tag gestaltet sich wunderschön, nicht weniger sinnierend. Der Kreisverkehr hat es in sich. Da ist schon wieder die Sache mit dem Mut. Einfach hineinzufahren lässt das deutsche Herz immer noch höher schlagen. Eigentlich steht einem der Sinn nach Ordnung, erst recht im Kreisverkehr. Aber hier steht niemand, der mit seiner ordnenden Hand eingreift. Das vorsichtige Einfahren zieht einem eher

den Zorn der anderen Verkehrsteilneh-
mer zu. Rein und vertrauen, das ist ange-
sagt. Wenn sich Blech an Blech schiebt,
riskiert man auch schon mal eine kleine
Delle. Die würde aber sehr wahrscheinlich mit einem Lächeln quittiert. Wahrscheinlich, denn erlebt hat er es noch
nicht. Bisher hat sich das immer gelohnt
mit dem Vertrauen im Kreisverkehr.

Vorbei an Verdun. Da kommt immer so
eine düstere, schuldige Stimmung in ihm
hoch. Erst neulich stellte er fest, dass er
über den zweiten Weltkrieg ziemlich viel
weiß. Dass aber der erste Weltkrieg mindestens genauso voller Gräueltaten war,
dämmerte ihm erst neulich nach dem Le-
sen eines Zeitungsartikels. „Der müsste
im Bildungsplan die gleiche Wichtigkeit
bekommen wie der zweite Weltkrieg“,
schießt es ihm durch den Kopf. Mit dem
Bildungsplan hat er aber gar nichts mehr
zu tun, weil er den Lehrerberuf schon
lange an den Nagel gehängt hat. Jetzt ist

er freischaffender Künstler, auch wieder so eine Sache mit Mut.

Die Fahrt wird wieder angenehm, nachdem er Verdun hinter sich gelassen hat. Er freut sich schon sehr auf die Ankunft heute Abend in der Pension, die er schon seit Jahrzehnten ansteuert. Er bleibt nie lange, nur ein paar Tage. Der Ort liegt weit im Hinterland und man erreicht ihn durch eine Fahrt über die Serpentinen. Die Serpentinen entlang zu fahren kosten ihn fast gar keinen Mut, er weiß aber nicht warum. Das war schon immer so. Egal ob er selbst fährt oder Beifahrer ist. Schon als er als Kind mit seinen Eltern Richtung Nizza fuhr. Serpentinen machen Spaß, auch wenn man beim Bei und Mitfahren direkt in den Abgrund schauen kann. Manche Abgründe kann man hervorragend überleben.

Kurz nach acht Uhr abends ist er am Ziel. Madame Lenormand erwartet ihn. Sie hat sein Zimmer hergerichtet. Natürlich ist es immer das gleiche Zimmer. Der

Tisch ist reich gedeckt mit Baguette, Käse und gegrilltem Gemüse. Den Pernod wird sie später holen, da Madame Lenormand davon überzeugt ist, dass man für Alkohol erst eine gute Grundlage braucht. Seine wenigen französischen Worte sind schnell verbraucht. Trotzdem ist die Unterhaltung mit Madame Lenormand immer sehr anregend, obwohl recht trivial. Irgendwie hat er das Gefühl, dass die Unterhaltung so aber stets perfekt ist. Er mag sich irgendwie gar nicht vorstellen, dass er mehr Französisch spräche, oder, Gott bewahre, Madame Lenormand Deutsch. Das würde gar nicht passen und wäre in keinem Maße so angenehm und verständig wie die kleine Plauderei, die sich schon seit über zehn Jahren um keinen Deut verändert hat. An diesem Abend spürt er seinen selbst auferlegten Auftrag, noch viele Orte zu finden an denen man sich offen begegnen kann, ganz deutlich. Wie gut, dass er sich jetzt erstmal zwei Monate Auszeit genommen hat.

Madame Lenormand deutet auf sein Handy. Er weiß, dass sie niemals duldet mit dem Essen zu beginnen, bevor er nicht in der Heimat Bescheid gesagt hat, dass er gut angekommen ist. Das ist eine Haltung, die ihn bzw. seine Familie mit der Familie von Madame Lenormand verbindet. Dass es in beiden Familien etwas ist, was man auf keinen Fall versäumen darf, haben beide am ersten Abend schon festgestellt. Und sein Französisch war damals noch miserabler als heute. Es brauchte aber nicht viele Worte, um diese Gleichheit festzustellen. Später wurde klar, dass es nur eine von vielen ist.

Dass es schon seit etwa fünf Jahren aber nicht mehr seine Familie ist, die er anruft, weiß Madame Lenormand nicht. Er wusste einfach nicht wie er streiten, auseinander leben, Verzweiflung, hässliche Szenen, üble Machenschaften, Neid, Gier und fehlende Anteilnahme auf Französisch übersetzen sollte. „Tod" hätte er noch hinbekommen, aber das stimmte nur für seine Mutter. Er entschied jedoch ihr gegenüber gar nichts davon zu sagen. Er hat einfach angefangen, eine seiner liebsten Freundinnen anzurufen. Sie halten es immer kurz, Madame Lenormand wartet ja immer im Hintergrund mit dem Essen. Sollte das Gespräch zu lange gehen, räuspert sie sich auch schon mal. Sie ist der Meinung, dass kurzes Bescheid sagen vollkommen ausreiche. Dann solle man sich bitteschön auf seine Umgebung konzentrieren, da gäbe es genügend zu entdecken.

Er entfernt sich ein wenig vom Tisch, nachdem Madame Lenormand eine gewährende Handbewegung gemacht hat. Am anderen Ende wird es laut und trubelig, nachdem der Hörer abgenommen wurde.

Kapitel 8

Das große Zittern

Um anderen vertrauen zu können, muss man ein tiefgehendes Vertrauen zu sich selbst haben. Dafür muss man sich selbst etwas zutrauen. Das wiederum ist oft eine schwierige Angelegenheit. Wer kennt das nicht? Dieses Zittern vor einer Aufgabe, die man immer gerne abgegeben hat. „Die Finanzen macht mein Mann." „Mit Computern kenne ich mich nicht aus". „Waschmaschinen anschließen? Das macht doch besser der Elektriker!" „Kinder erziehen… das können Frauen doch viel besser."

Das viele Vertrauen, das man den anderen schenkt… Ist das dort an einem guten Ort? Bedeutet das, dass die übertragende Aufgabe bei denjenigen nicht schief gehen kann?

Selbstvertrauenvergrößernde Maßnahmen sind furchtbar schmerzhaft. Im Weg stehen dabei die Luftschlösser, die man baut und die, die andere Menschen für einen bereithalten. „Wo die Angst ist, da geht es lang." Das ist energieaufreibend, kräftezerrend und macht ganz und gar keinen Spaß!

Es fühlt sich an wie der Aufruf dazu kurze Sätze schreiben zu sollen, obwohl man im Grunde zu langen Schachtelsätzen neigt, weil man sich in ihnen so schön einnisten kann und sie einem so behütend vorkommen. Das ist wie in der Fahrprüfung bei der Autobahneinfahrt Gas geben, obwohl sich auf gleicher Höhe ein Laster befindet und man eine sehr höfliche Erziehungsform in der Kindheit genossen hatte, deren Früchte einem stets signalisieren, dass man andere, erst recht größere und schwerere Böcke, besser vorlässt. Nicht zuletzt, weil es einem in der Regel eine Menge Stress erspart. Es bekommt den Hauch der Scham, die man spürt, wenn man vor fünfzig Fachleuten einen Vortrag halten soll und am sog. Hochstapler-Syndrom leidet. Man spürt es auch, wenn man Künstlerin werden will und alle anderen einem davon abraten. Auch die Variante, die sich genau andersrum gestaltet: alle raten zu etwas und man entscheidet sich dagegen.

Herrje, es fühlt sich verdammt noch mal so an, wie die Entscheidung, eine gebrauchte Waschmaschine zu kaufen, dem Wasserzufuhranschluss nicht zu vertrauen, in den Baumarkt zu gehen, sich dort von einem mit den Augen rollenden Mitarbeiter einen Aqua-Stopp-Schlauch in die Hand drücken zu lassen, den ganzen Nachmittag mit YouTube Tutorials zu verbringen, um dann das vollendete Werk beim Waschen argwöhnisch zu beobachten, weil man sich solche Sachen im Grunde seines Herzens definitiv nicht zutraut. Der Schlauch könnte abspringen und dann gibt es im Badezimmer eine Riesen-Badeparty.

Sie war erst ein Jahr alt und konnte noch nicht sprechen. „Als sie in diesem Alter das erste Mal ein Violoncello sah, war es um sie geschehen", sollten ihre Eltern später in einem Interview mit einer Tageszeitung über sie berichten. Im gleichen Artikel wird auch einem jahrelangen, treuen Fan eine Stimme gegeben. "Er habe zunächst erstmal bei jedem Konzert in der letzten Reihe gesessen, wurde später aber mutiger und buchte mittig oder zu ganz besonderen Anlässen auch mal ganz vorne. Aber immer in der Nähe des Ausgangs", lässt er dem Journalisten gegenüber verlauten. „Er habe sich einfach nicht mehr getraut." Er erzählt weiter, dass er dieses besondere Cello-Spiel von ihr gleich zu Beginn mochte. Er jedoch eigentlich weder ein großer Fan der klassischen Musik sei, noch selbst ein Instrument spiele. Auch sei sein übriges Leben komplett unverwandt mit der Welt der Klassik. Aber diese Konzertbesuche, die vielleicht fünf Mal im Jahr in der unmittelbaren Umgebung der Stadt stattgefunden hätten, habe er genossen wie einen guten Rotwein oder einen Spaziergang durch die Natur. Er habe nie den Drang verspürt, Kontakt zur Musikerin aufzunehmen. „Es wäre irgendwie distanzlos gewesen", berichtet er. „Man darf doch von etwas begeistert sein, ohne den Menschen, von denen dieser Zauber ausgeht, auf die Pelle zu rücken."

Sie ging mit viel Talent schon durch ihre Kindheit und später durch die Jugendzeit. Das, was immer fehlte, war das Selbstvertrauen. Mit so manchem späteren Fan hatte sie das gemeinsam. Wenn sie gewusst hätte, dass mindestens so viele Angsthasen im Publikum sitzen wie auf der Bühne stehen, wäre so Manches leichter gewesen.

Sie spielte aber schon längst auf den großen Bühnen der Welt, als der Artikel mit dem Interview mit ihren Eltern und dem Fan im Regionalblatt der kleinen Kreisstadt erschien. Diese Art von Artikel hat ihr Management da schon lange nicht mehr in die Postmappe getan. Darin lagen, nach dem großen Durchbruch, nur noch welche aus der New York Times und ähnlich großen, absatzstarken und medienwirksamen Tageszeitungen.

Diesen kleinen Artikel soll sie erst später finden. Erst als ihr Vater und kurz darauf auch ihre Mutter stirbt. Ihre Mutter hatte die Angewohnheit, alle Zeitungsartikel, in denen es ums sie ging, auszuschneiden und in einem Ordner zu sammeln. Diesen Ordner findet sie, als sie die schwere Aufgabe hatte, als einziges Kind das Haus aufzulösen.

Das Anwachsen ihrer Popularität und die Anerkennung ihrer Leistungen haben niemals dazu geführt, dass sie nicht aufgeregt ist, wenn sie in einem neuen Haus zum Saisonauftakt spielen soll. Dabei ist völlig egal in welcher Stadt es steht, welchen Ruf das Haus genießt und wie groß der Konzertsaal sein wird, geschweige denn wie viel Publikum er fasst.

Jetzt steht sie vor diesem großen Haus, das bei seinem Bau die Gemüter der Stadt sehr erregte und bei dem sich nach Fertigstellung kein Kritiker mehr fand. Die U-Bahn, die an diesem gigantischen Bauwerk vorbeiführt, transportiert jeden Tag neben den Kindern der Stadt natürlich auch jede Menge Touristen. Und es kommt vor, dass die Besucher der Stadt beim Lauschen der U-Bahn-Gespräche der Stadtkinder hören können: „Mein Gott, ist die schön geworden! Meinetwegen können sie exakt die gleiche nochmal bauen und daneben stellen." Alles immer eine Frage der Perspektive…..

Kapitel 9

Armut

Das, was Menschen an Obdachlosen, an denen sie auf der Straße vorbeigehen, nicht mögen, ist dass das Menschliche und damit die Bedürftigkeit so offensichtlich hervorlugt. Bedürftig sind wir alle, aber wir wollen nicht, dass man das an uns sieht. Wenn man sich schöne Kleider leisten kann, hat man die Möglichkeit das Menschliche oder streng genommen das Bedürftige mit ihnen zu verdecken. Und sollte die Seele gerade mal zu viel

Schmerz senden, kann man einfach losgehen und sich etwas kaufen, was den Schmerz verdeckt. Auch dieses Bedürfnis ist zutiefst menschlich. Es kann einem nur der kalte Schauer den Rücken runter laufen, wenn man sich mit den Wünschen beschäftigt, die Insassen der Konzentrationslager während des Nationalsozialismus nach ihrer Befreiung äußerten: Ausschlafen, etwas zu essen und etwas Schönes zum Anziehen.

„Jedem Menschen sollte ein eigenes Zimmer zur Verfügung gestellt werden." Das hat er schon so oft gedacht. Er sitzt an seiner gewohnten Ecke. Seine Schäferhündin Laika liegt ganz entspannt neben ihm. Die Biografie von ihm unterscheidet sich nicht von der eines jeden Menschen. Das Leben ist immer ein Gemisch von Glück, ermöglichtem Erfolg, kindlichen Traumata, Rückschlägen, eigene Leistungen, Krisen, anderen Menschen als Förderer oder im Gegenteil: die Person, die das

Potential hat, dein ganzes Leben zu ruinieren. Das alles müssen und können wir überstehen. Plötzlich kann aber im Leben eines jeden Menschen ein Ereignis auftreten, das ihn völlig aus der Bahn wirft. Und je nachdem wie viele Ressourcen er gerade zur Verfügung hat, kann er dem etwas oder, im schlechtesten Falle, nichts dagegen stellen.

Wenn man nicht den Traum, den andere für einen als Maßstab nehmen, lebt, ja wenn man nur einzelne Entscheidungen dagegen trifft, wird man schnell ausgeschlossen aus dem, was sich Gesellschaft nennt. Eine Gesellschaft braucht Kid, der sie zusammenhält. Oftmals besteht aber dieser Kid aus alten, nicht gelebten Träumen. Jede Generation ist ein Kind seiner Zeit und hat dazu noch einen Überhang, der sich wiederum aus den Träumen der Großeltern und der Eltern speist. Diese loszuwerden ist gar nicht so einfach, denn dafür müsste einem das alles bewusst sein.

Auf jeden Fall weiß er, dass er in eine Familie hineingeboren wurde aus der sich der Anspruch ergab, die Kinder sollen es besser haben als die Eltern. Aber was ist schon besser?

Besser für seine Eltern war, dass man sich Dinge leisten kann. Neu mussten sie sein, niemals gebraucht. Erst neulich in einer ziemlich kalten Nacht Anfang März, in der ihn wenigstens seine über alles geliebte Laika wärmte, dachte er darüber nach, dass er mit 30 Jahren zum ersten Mal einen Flohmarkt besucht hat. Einfach aus dem Grund heraus, dass in ihm der Satz seiner Eltern weiter wirkte: „Man nimmt doch nichts, was andere schon benutzt haben."

Wie blödsinnig das gerade in dieser Situation wirkt! Wie oft haben Leute schon diesen Straßenabschnitt benutzt? Ihn sogar mit Füßen getreten? Tatsächlich verlief aber die erste Hälfte seines Lebens mit

dem Glaubenssatz, etwas zu schaffen bedeutet Haus, Garten, Auto, Familie und
Hund. Der Hund blieb.

Es fühlte sich im Grunde auch alles
richtig an. Die Ausbildung, die Hochzeit,
die Geburten der zwei Kinder. Sie hatten
es schön. Sehr schön. In kalten Nächten
ruft er sich immer wieder einzelne Situa-
tionen mit seiner kleinen Familie vor Augen. Das wärmt ein bisschen. Wenn er in
den Schlaf findet, was durchaus nicht regelmäßig vorkommt, träumt er von
ihnen. Dann ist es manchmal so real. Das
Aufwachen ist dann die Hölle.

„Etwas Solides sollte er lernen", mein-
ten seine Eltern. Er hat das gar nicht groß
reflektiert. Er hat wahnsinnig gerne Musik gemacht und war sogar mit seiner
Schülerband ein paar Mal unterwegs auf
Tour. Bei einem Konzert hatte er sie kennen gelernt. Sie stand in der ersten Reihe
und sah ihn bewundernd an. Im Prinzip
kann man es sogar Teenager-Liebe nen-
nen. Sie sind jung zusammen gekommen

und haben schnell geheiratet. Man kann ja darüber denken, wie man möchte. Sicher kann man sagen, das war irgendwie zu jung und man darf in seinem Leben gerne mehrere Beziehungen erproben. Ein Rockstar kann sich sogar jede Menge Flirts erlauben. Aber mit der Rockstar-Karriere war es bald zu Ende.

Sie fanden in der Nähe seiner Eltern ein zu kaufendes Eigenheim. „Eigenheim" stand echt auf diesem Schild, auf dem noch „zu verkaufen" stand. „Was für ein beknacktes Wort", dachte er damals. „Wie antiquiert, das sagt doch keiner mehr." Er hat das den anderen gegenüber niemals laut gesagt. Auch nichts über andere Dinge, die er befremdlich fand, aber auch gar nicht wusste wieso. Er selbst war mit seinen Eltern häufig umgezogen. Seine Eltern knüpften daran, dass sich ihr Status mit jedem Umzug verbessern sollte. Das stimmte am Ende aber nie. Er verlor jedes Mal seine Freunde und wurde bei Nachbarn abgegeben, weil seine Eltern bei ihren jeweiligen neuen Arbeitsstellen durch die Bereitwilligkeit Überstunden zu machen, positiv auffallen wollten. Das komische Gefühl bei „Eigenheim" schob er darauf, dass er das gar nicht gewohnt war, ein Haus für sich zu haben und das auch noch länger. „Aber eigentlich ist es doch gut, so ein Eigenheim", beschwor er sich selbst, immer wenn dieses Gefühl die Kehle ein wenig zuschnürte.

Nach der Ausbildung begann er für eine Versicherung zu arbeiten. Das hat er schließlich zwanzig Jahre gemacht. Nicht mit der größten Begeisterung, die einem für das berufliche Leben zur Verfügung stehen könnte, wenn man sich berufen fühlt. Die Kinder wurden groß und es war schön, ihnen dabei zuzusehen. Beklemmende Gefühle wurden ab und zu mit Alkohol weich gespült, aber niemals im Übermaß. Es hätte im Grunde alles so weiter gehen können und wäre allemal ein mittelschönes Leben geblieben.

Nur kurz Einkaufen fahren wollten alle drei. Für den 18. Geburtstag des kleineren Sohnes. Schon seit Wochen beriet der Familienrat, was sie den Gästen anbieten sollten. „Nicht zu viel Alkohol", sagte seine Frau. „das ist nicht gut, wenn sich die jungen Leute bei uns besaufen. Das ist dann wochenlang Thema in der Nachbarschaft." Ihm war es nicht so wichtig wie ihr, was die Nachbarn dachten. Aber er pflichtete ihr bei. Das war überhaupt ihre Stärke in der gemeinsamen Erziehung der Kinder. Sie waren nicht immer einer Meinung, aber sie haben sich immer irgendwo in der Mitte einigen können. Auch wenn es länger dauerte. Das ist etwas, was er bei seinen Eltern schmerzlich vermisst hatte. Die hatten sich oft bis aufs Blut bekriegt und damit die Nachbarn nicht Lunte riechen, musste er in der Schule oft lügen.

Nur kurz Einkaufen fahren. Von dieser Fahrt kamen sie nicht mehr wieder. Kurz vor dem Supermarkt geriet ein alkoholisierter Fahrer in den Gegenverkehr. An dieser Stelle hat er jetzt sein Lager aufgestellt. Er hat nicht eine Sekunde lang überlegt, das Eigenheim zu retten.

Kapitel 10

Gefährliche Auszeit

Neun Jahre im Gefängnis. Die hatte er hinter sich. Nicht in Deutschland und ohne Prozess. Ja, das kann einem in Ländern außerhalb Deutschlands passieren. Es müsse nur einen diktatorischen Herrscher haben, genügend korrupt sein und sein Volk mit Kontrolle und Angst lähmen. „Das ist gar nicht so selten der Fall", denkt er sich. „Nur fällt es einem nicht auf, wenn man seinen Radius nicht größer als die Heimat zieht. Was immer Heimat auch bedeutet.

Nach der Entlassung wollten sie ihn schnell loswerden. Sie brachten ihn zum Flugzeug und setzten ihn in die Maschine. Das war dann wenigstens business class, weil man da sicher sein konnte, dass sich die reisenden Manager mit ihren Laptops, Kopfhörern und Schlafmasken nicht für die Mitreisenden interessieren oder gar ins Plaudern kommen. So war es dann auch.

Der Platz im Flugzeug kommt ihm riesig vor. Seine Zelle musste er mit vielen anderen Menschen teilen. Die Gefängnisse in Ländern, die von Putschisten und Diktatoren regiert werden, sind reine Folterkammern. Die Tage und Nächte sind mit willkürlichen Schikanen gefüllt. Die Geschichten der Mithäftlinge gehen einem nah, zumindest die von denen, die man mag. Das gezwungene Zusammensein mit Menschen, die einem zuwider sind, ist Teil der Methodik dieser Systeme. Deshalb muss man mit seinen Freundschaften dort sehr vorsichtig umgehen, sonst wird man entdeckt und sofort getrennt. Jeder Kontakt muss sehr subtil verlaufen, aber er entsteht überall.

Der Mensch als soziales Wesen kann gar nicht anders. So ist auch Capoeira entstanden. Das sieht aus wie ein Tanz, ist aber in Wahrheit die Vorbereitung auf einen möglichen Kampf. Die Sklaven, die in der Kolonialzeit von Afrika nach Brasilien verschleppt wurden, entwickelten Capoeira aus einer Fülle von afrikanischen und indigenen Kampf- und Tanzspielen. Sie mussten aber immer auf der Hut sein, nicht enttarnt zu werden.

Generell kann man bei diesen Gedanken weiter überlegen, welche seiner Freundschaften besonders schützenswert sind. Wenn man sich tiefer damit beschäftigt, wird man vielleicht auch Freunde identifizieren, die ihrerseits die Freundschaft gar nicht schützen, sondern torpedieren. Von denen sollte man sich lieber lösen.

„Hauptsächlich sollen wir gebrochen und mundtot gemacht werden", erzählt er den wartenden Journalisten noch am Gate, an dem er soeben erst gelandet ist.

„Was wollen Sie jetzt tun?", fragt ein Journalist. „Meinen inneren Frieden machen" ist die knappe Antwort. Dazu, mehr zu sagen, fühlt er sich nicht in der Lage. Die Aufmerksamkeit und das Blitzlichtgewitter empfindet er als einschüchternd. Er bittet darum, zunächst Zeit zugestanden zu bekommen, um seine Familie zu sehen. Danach würde er sich womöglich besser äußern können. Mindestens fünf weitere Minuten werden Fotos von ihm geschossen, weil er vor der Passkontrolle warten muss.

Kapitel 11

Wuffi muss mal raus

Es ist wieder soweit. Wuffi muss mal raus. Er kann seine Aufgeregtheit kaum verbergen, allerdings versucht er das auch gar nicht. Wenn ich die Leine hervorhole, nimmt er das zum Anlass für ein

Spiel. Ich soll ihm mit der Leine hinterherrennen. Dazu habe ich natürlich keine Lust. Es klappt erst, wenn ich mich auf den Boden lege und dann mit der Leine langsam zu ihm heranrobbe. Daraufhin bleibt er stehen, streckt sich an Ort und Stelle und legt sich auf den Rücken. Das ist der Moment, in dem ich ihn einmal abschnuppere. Das ist so ungefähr die einzige Situation, in der Wuffi ganz harmonisch mit sich und der Welt in Einklang ist. Es scheint so, als wäre es in diesen Momenten ganz fein, das Hundeleben. Ohne irgendwelche Verwirrungen.

Richtig lange kann ich das nicht machen, ich bekomme davon Rückenschmerzen. Also tüdel ich ihn an die Leine und raus geht es. Aufmerksam hört er bereits an der Wohnungstür, ob irgendwelche Nachbarn gerade im Treppenhaus sind. Sollte dies der Fall sein, werden die schon aus der Distanz angeschnauzt, natürlich nur vor lauter Aufregung.

Es hilft auch nicht gerade, dass sich meine Mitbewohnerin gerade eine Dokumentation über Gefängnisse im Ausland anschaut. Sie ist in der Tat etwas schwerhörig und der Fernseher ist laut. Wenn Wuffi aufgeregt im Flur hin und her läuft, macht sie den Fernseher einfach noch lauter. Wuffi stört sie überhaupt nicht. Sie macht einfach alles lauter, was auditiv wichtig erscheint. Ist aber nicht alles wichtig, was sich so auditiv in der Welt tümmelt. Davon ist meine Mitbewohnerin schon seit Langem fest überzeugt. Deshalb macht sie ja auch nur lauter, wenn es wichtig ist. Oft ist Wuffi viel wichtiger und dann beschäftigt sie sich mit ihm. Die beiden sind dann in der ganzen Wohnung auf der Pirsch, damit sie herausbekommt, was Wuffi wohl gerade gehört hat.

Die Dokumentation ist offensichtlich gerade sehr wichtig. Ihre Tür ist halb geöffnet und im Vorbeigehen sehe ich die Großaufnahme eines Mannes, der neun

Jahre lang im Ausland im Gefängnis saß. Sein Anblick ist erschütternd. Das hat Wuffi natürlich längst entdeckt und macht einen Riesenspektakel, aufgeregt in ihrer Tür stehend. Der Mann wirkt so verloren, völlig aus seiner Mitte gerissen. Die Blitze, die beim Fotografieren entstehen, lassen ihn sichtlich zusammenzucken. Bei jedem Blitz reagiert Wuffi in seiner unverwechselbaren Art und Weise.

Meine Mitbewohnerin sieht mich an und sagt: „Ich würde gerne mit dir später darüber diskutieren, ob wir eine Möglichkeit sehen, uns dafür zu engagieren, dass Menschen in so einer Situation Hilfe bekommen." „Sehr gut!", sage ich. „Wir treffen uns später in der Küche." Wir beide lieben unsere Küchengespräche. Die Küche ist ein guter Ort. Dort findet so ziemlich alles statt, was das Leben in der Auseinandersetzung mit anderen und den Themen dieser Welt zu bieten hat. Gerade wenn wir besonders hitzig diskutieren, liegt Wuffi schlafend unter dem

Küchentisch. Das beruhigt ihn. Wahrscheinlich denkt er, dass er dann seinen Job gemacht hat und sich endlich dem wohl verdienten Schlaf hingeben kann. Ist auch echt anstrengend sein Job: immer aufpassen, stets warnen, zur Auseinandersetzung anregen und Bescheid sagen. Ich möchte nicht mit ihm tauschen.

Ich entscheide mich für einen kurzen Einschlag Richtung Fußgängerzone. Das ist für Wuffi nicht der idealste Weg, aber es gibt dort meistens nur angeleinte Hunde, die mit ihren Besitzern spazieren gehen. Wenn ein frei laufender Hund auf ihn zuprescht, geht Wuffi schon mal in eine präventive Aggressionshaltung. Das ist wirklich unangenehm, aber die Stadthunde haben es wirklich nicht leicht. Normalerweise haben Hunde kein Interesse an Streit, sie sind auf Harmonie bedacht. Deshalb legen sie, auch normalerweise, ein Beschwichtigungsverhalten an den Tag, wenn sie sich begegnen. Dafür bleiben sie bei der Begegnung immer wieder stehen und machen große Bögen umeinander, auch wenn sie weiter aufeinander zu gehen. Angenommen keiner von ihnen müsste an der Leine gehen, könnte jeder Hund frei entscheiden, wie viel Kontakt er zulassen möchte. Ob er Tuchfühlung aufnehmen möchte oder nicht. Ob er in irgendeine Form von Hierarchisierung reingehen kann, indem er sofort erkennt, dass er der Unterlegene ist und sich auf den Rücken legt. Oder ob er einfach mal vorbeilaufen möchte, weil er gerade keinen Bock hat, weder auf Tuchfühlung noch auf Hierarchisierung.

Das alles kann Wuffi gar nicht entscheiden, weil er immer an der Leine ist. Aus Sicherheitsgründen, wie gesagt. Er hat gar keine Möglichkeit aus seiner Rolle rauszugehen. Er muss immer reagieren auf das, was sich auf der Straße ereignet. Wenn ein freilaufender Hund, wie gesagt, auf ihn zupprescht, dann ist das alles andere als ein Beschwichtigungsverhalten.

Es ist eigentlich pure Aggression. In solchen Momenten hilft nur, Wuffi schnell hochzunehmen. Schwupp di Wupp bin ich dann meistens in irgendeiner blödsinnigen Diskussion verwickelt, wenn der Hundehalter des freilaufenden Hundes über artgerechte Haltung und so schwadroniert. „Der tut nichts, der will nur spielen." „Mhm, meiner aber (im Sinne von was tun) und meiner aber nicht (im Sinne von Spielen)", könnte ich dann antworten. Aber wie schon gesagt, das sind blödsinnige Diskussionen. In der Stadt haben Hunde einfach keinen Platz aneinander vorbeizugehen. Sie werden in Kontakt gezwungen. Ist das artgerecht?

Ist es für Menschen artgerecht immer in Kontakt zu sein? Ich weiß für mich, dass ich nur gut mit anderen im Kontakt sein kann, wenn ich zwischendurch davon eine Pause habe. Die Seele muss sich doch davon erholen, was von außen so an einen herangetragen wird. Wuffi kämpft lautstark für seine Pausen. Vielleicht sollte ich auch damit anfangen?!

Also, der Nachbarschreck ist wieder auf der Straße unterwegs. Wir gehen in die Fußgängerzone hinein. Eine Frau mit blonden Haaren kommt uns entgegen. In ihr blondes Haar haben sich graue Strähnchen reingesetzt. Sie trägt einen grauen Rock und eine schwarze Bluse dazu. Einen übergroßen grauen Schal hat sie sich um die Schultern und Oberkörper gewickelt. Sie wirkt nachdenklich, ihr Ziel scheint der Supermarkt zu sein.

Wuffi nimmt sie ins Visier und stürmt in ihre Richtung. Wenn ich ihn nicht fest und kurz an der Leine gehalten hätte, hätte er sie angesprungen und sicher ein bisschen ins Bein gezwickt. Er bellt. Die Frau wird aufmerksam und schaut ihn an, dann mich. Ich sage wie üblich „Entschuldigung". Sie lächelt mich an und sagt: „Nichts passiert." Wir gehen aneinander vorbei. Wuffi bleibt stehen, um an einem Schaufenster zu schnuppern und – das ist auch so eine blöde Angewohnheit von ihm – das Beinchen Richtung Glas zu heben…..

Ich schaue der Frau hinterher. Sie ändert ihre Richtung und betritt einen Laden, der im Schaufenster sonnengelbe Schals ausgestellt hat. „Doch was passiert", denke ich und lächle.

Mit Wuffi durch die Innenstadt zu schlendern, ist kein leichtes Unterfangen. Er zieht und zerrt in alle möglichen Richtungen und wirkt alles andere als entspannt. So wie jemand, der unruhig zur Arbeit geht, weil er weiß, dass viel zu tun ist, er aber noch nicht das ganze Pensum überblicken kann. „Vielleicht ist das hier auch eher wie Arbeit für ihn", denke ich. „Nichts mit Entspannung jedenfalls." Weder für ihn noch für mich. Aber jetzt haben wir, ja wir, uns für diesen Weg entschieden, jetzt bleiben wir auch dabei.

Plötzlich ruft und winkt meine Freundin von etwa fünfzig Meter Entfernung.

Ich mag sie sehr. Sie ist ein sehr fröhlicher und hilfsbereiter Mensch. Sie hat zwei Berufe. Zuerst hat sie Tischlerin gelernt und danach das Polsterhandwerk. Ihre aufgearbeiteten Möbel sind ein Traum. „Wie leidenschaftlich sie ihrem Beruf nachgeht, ist beneidenswert", denke ich. Sich die Leidenschaft für seinen Beruf zu erhalten, ist sowieso oberstes Gebot. Das ist meine Meinung. Und wenn man feststellt, dass man täglich weniger als zehn Mal bei der Arbeit lacht, muss man die Stelle wechseln. Das ist schon ewig meine Überzeugung. Meine Freundin hat mir dabei zugestimmt, als wir mal darüber gesprochen haben und ich ihr meine Meinung über Berufe als Berufung kundtat.

Sie kommt wie gerufen. Ich würde mir gern mal eben in der Kaffeerösterei einen Espresso-Kaffee kaufen. Wuffi müsste ich dafür draußen anbinden. Das ist aber so eine unsichere Angelegenheit, dass ich niemals das Gassi-gehen mit einem Einkauf verbinde. Ich trenne das sehr sorgfältig und es macht mir auch gar nichts aus. Wuffi würde sich, wenn er vor dem Geschäft angebunden wäre, aus der Leine rauswinden und mir, im besten Fall, nachlaufen. Im schlechtesten Fall würde er die Fußgängerzone auseinander nehmen. Ich mag mir das gar nicht vorstellen.

Meine Freundin kommt zu mir und begrüßt Wuffi zuerst. Schlimmer Fehler in der Erziehung des Hundes. Zuerst der Mensch, dann der Hund. Das ist eigentlich eine Regel. Meine Freundin weiß das auch. Sie sagt aber, sie könne nicht widerstehen, wenn er so freundlich gestimmt und schwanzwedelnd in ihre Richtung prescht. Er mag sie auch. Gleich von Anfang an. Sie hat sich, ohne dass ich etwas sagen musste, bei unserer ersten Begegnung einfach auf den Boden gesetzt und gewartet bis er sie vollkommen abgeschnuppert hatte. Damit war die Liebe besiegelt und seitdem denke ich, dass Wuffi heimlich davon träumt, bei ihr einzuziehen. Aber genau wissen werde ich das nie.

Ich bitte sie, ihn kurz zu halten, während ich in die Kaffeerösterei gehe. Sie stimmt zu und freut sich und geht sofort in die Knie, um ihn noch eingehender zu begrüßen. Ich gehe rein. Durch das Schaufenster kann ich die Szenerie in der Fußgängerzone gut beobachten. Hinter meiner Freundin nähert sich ein älterer Mann mit einer brauen Jacke und einem schwarzen Hut. Er scheint sie erkannt zu haben, aber sie sieht ihn nicht. Aber Wuffi, der sieht ihn und zieht sofort bellend an der Leine.

Die Gesichtszüge des Mannes entgleisen. Er bleibt starr stehen. Meine Freundin sieht sich um und spricht sofort beruhigend auf Wuffi ein. Ich kann sehen, dass der Mann sich gerne meiner Freundin genähert hätte, aber so sprechen sie auf Distanz. Meine Freundin hat die Gabe, selbst oder vielleicht gerade, auf Distanz so freundlich zu sein, dass die Menschen sich in ihrer Umgebung entspannen. Nach ein paar Minuten gelingt es ihr auch mit ihrem älteren und behüteten Gesprächspartner. Sie scheinen sich für etwas zu verabreden und der Mann macht Anstalten weiter zu gehen. Plötzlich kreuzt eine elegant gekleidete, ebenfalls ältere Dame seinen Weg in der neu eingeschlagenen Richtung. Er spricht sie an. Sie schaut lächelnd in seine Richtung.

In der Kaffeerösterei ist so eine lange Schlange, dass ich sehr lange in diesem Geschäft verweilen muss und jetzt doppelt froh bin, dass meine Freundin draußen auf Wuffi aufpasst. Ich bin jetzt die dritt-nächste Kundin und kann noch ein bisschen das Gespräch der beiden älteren Herrschaften beobachten. Es ist schön anzusehen. Es ist eine Art Annäherung, die man auch beobachten kann, ohne ihre Stimmen zu hören.

Nach ein paar Minuten hakt sie sich bei ihm unter und sie steuern das Café gegenüber an. „Gute Wahl", denke ich. Dort gibt es den besten Kaffee der Stadt. Natürlich wird das Café von der Kaffeerösterei beliefert.

Ich bin dran, bestelle und bezahle. Draußen übergibt mir meine Freundin Wuffi und verabschiedet sich fröhlich.… Natürlich erst vom Hund und dann von mir. Für uns ist der Ablauf der Begrüßung und Verabschiedung in dieser Reihenfolge ganz in Ordnung. „Keine Ahnung, wie man es nennt, wenn man bestimmte empfohlene Dinge in der Hunde-Erziehung nicht beachtet. Ziviler Ungehorsam?", denke ich. Wuffi schaut mich ganz stolz an, so ob er ganz Großes geleistet hat, indem er auf mich wartete. Ich muss darüber lachen. „So ein Selbstbewusstsein muss man erstmal haben", kommt es mir in den Sinn. Irgendwie scheint es aber, dass er es großzügig in der Welt verteilt, anstatt es für sich zu behalten.

Das ist aber nur so ein Gefühl, das ich nicht weiter erklären kann.

Nach dem Stolz überkommt ihn sogar so etwas wie Sanftmut. Ein Stück die Straße runter, die uns bald aus der Fußgängerzone rausführen sollte, sitzt ein Mann, vielleicht so Ende 50 mit einem Schäferhund. Bei genauerem Hinsehen entpuppt sich der Schäferhund zum Glück als Hündin. Normalerweise kann ich so etwas überhaupt nicht unterscheiden, es sei denn die fremden Hunde identifizieren sich durch die Art und Weise wie sie pinkeln. Ich fand ja schon immer, dass gerade dieses Phänomen die Gleichheit von Menschen und Hunden so unterstreicht. Das macho-hafte Bein-heben gegen das schüchterne Hinhocken.

Die Schäferhündin identifiziert sich aber nicht durch das Pinkeln. Sie liegt nämlich, auch nachdem sie uns bemerkt hat, weiterhin völlig entspannt da. Sie hat ein Halsband um, auf dem der Name „Laika" sichtbar prankt. Normalerweise wird es eng mit Wuffi bei großen Hunden. Häufig verfällt er vor lauter Angst in ein riesiges Gebell. Angst als Motor erwähnte ich schon. Er würzt die Angst aber mit purer Provokation, sodass auch der friedlichste Hund das Bedürfnis verspürt, ihm einen Nackenklaps zu geben oder ihn bedrohlich abzuschnappen. Verdient hätte er es – jedes einzelne Mal. Nur befinde ich immer, dass mir das Risiko zu groß ist, ihn dadurch zu verlieren, nur weil bei einem Hund eventuell die Beißhemmung für einen Moment lang ausgeschaltet ist oder jemand tatsächlich so blöd ist, dem Hund das abtrainiert zu haben. Den Satz „Das Problem hängt am anderen Ende der Leine" ist immer noch genauso wahr wie der Satz „Das Problem sitzt vor dem Computer."

Angesichts der Gewissheit „hier läuft ein Problem und da sitzt eins" sind beide Hunde jedoch völlig ruhig und locker. Es ist sogar möglich, dass wir beide ein kurzes Gespräch miteinander führen können.

„Es geht nicht darum, dass Passanten schlecht oder ignorant sind. Nein! Sie fragen nur nicht nach. Manche stellen ungefragt Kaffee hin oder schenken mir das gerade gekaufte Brötchen, manchmal sogar angebissen. Wenn ich Hunger habe, ist das perfekt. Aber an manchen Tagen ist es der zehnte Kaffee und das elfte Brötchen. So viel kann kein Mensch essen oder trinken. Abgesehen davon, dass man dann das Problem bekommt, ständig eine Toilette aufsuchen zu müssen. Sie denken immer noch, dass Bargeld zu geben nur die Alkoholsucht unterstützt. Das tut es auch, vielleicht sogar in den meisten Fällen. Trotzdem kann ich auch mit wenig Alkohol im Blut keine zehn Kaffees und keine elf Brötchen zu mir nehmen. An manchen Tagen wäre eine Zahnbürste schon mein größtes Glück, Duschgel oder ein Kauknochen für Laika."

„Was hilft?", frage ich. „Fragen hilft! Immer!", antwortet er. „Meistens ergibt sich sogar ein kleines Gespräch daraus", führt er weiter fort. „Und an manchen Tagen wirkt ein kleines Gespräch wie eine ganze Flasche Schnaps. So beflügelnd, meine ich. Dann fühlt man sich wie ein Teil der Gesellschaft. Nicht wie jemand, an dem alle achtlos vorbeigehen."

„Also darf ich dich fragen, was du heute gebrauchen kannst?" „Ja, gerne! Für heute hätte ich gerne eine Zeitung und zwei €. Die Zeitung kann ich mir später unter die Isomatte legen, die wärmt so gut. Und für zwei € kann ich da drüben duschen. Und wenn ich mir mal wieder etwas wünschen dürfte, dann wäre eine Tüte Lakritz das Schönste dieser ganzen Woche!"

Ich bin wirklich glücklich! Das sind drei Wünsche, die ich sofort erfüllen kann. Am Kiosk gegenüber kaufe ich die dickste Tageszeitung, die ich bekomme und eine Tüte Lakritz. Ein Teil meines Wechselgeldes sind zwei €. Ein Supermarkt wäre zwar nur zehn Meter weiter gewesen, aber was das äußere Anbinden von Wuffi an den extra dafür eingerichteten Supermarkt-Haken bedeutet, muss ich zum Glück nicht nochmal referieren.

Ich gebe dem immer noch an der gleichen Stelle auf dem Boden sitzenden Mann die Tageszeitung, die aufgrund des Nachdenkens über Volumen eine ganz andere Wertschöpfung bekommt, die Tüte Lakritz und das Geld. Ich lächle, hauptsächlich deshalb, weil ich das Gefühl habe, etwas genau richtig gemacht zu haben. Genauso ist es bei Hunden auch. Die sind merklich froh und zufrieden, wenn sie das Gefühl haben, etwas richtig gemacht zu haben. Also richtig in dem Sinne, dass es ihnen gelungen ist, genau das zu machen, was der Mensch von ihnen verlangt hat. Wir setzen unseren Weg fort. Wuffi irgendwie seltsam ruhig und langsam und ich in dem Gefühl als laufendes Problem ein bisschen kleiner geworden zu sein.

Dieser Zustand sollte jäh unterbrochen werden. Ein älterer Herr kommt uns pfeifend entgegen. Irgendwie kann ich den Blick von ihm gar nicht abwenden, weil seine Erscheinung so widersprüchlich ist. Wuffi ist noch ganz still, er scheint ebenso gebannt zu sein wie ich, allerdings baut sich in ihm gerade eine Spannung auf. Das merke ich ja, wie schon erwähnt, immer sofort, weil ich am anderen Ende der Leine bin. Das Pfeifen ist sogar für meine Ohren unerträglich. „Armer Wuffi", denke ich.

Der ältere Herr schreitet wie ein König daher. Es scheint so, als ob er erwartet, dass alle Welt für ihn Platz macht. Die Bitterkeit in seinem Gesicht sagt aber auch, dass die Welt ihm das nicht so recht macht, wie er es gerne hätte.

Ich entschließe mich dazu, Wuffi noch etwas mehr beiseite zu nehmen. Ich bedeute ihm „Sitz!" und tatsächlich macht er es. Der König steuert weiter auf uns zu und bemerkt uns irgendwann. Er schaut grimmig. Er gibt mir das Gefühl, dass wir da etwas Unnötiges, jedoch gleichzeitig Erwartetes machen. Ganz seltsam, ganz widersprüchlich. Darauf spreche ich ihn an, weil es mich drängt, die Widersprüche aufzuheben. Wuffi bleibt seltsamerweise immer noch still.

„Entschuldigen Sie bitte", sage ich, „wir haben uns hier mal an die Seite gestellt, damit Sie unbehindert an uns vorbeigehen können. Mir ist allerdings nicht klar, ob Sie uns schon richtig gesehen haben." „Sehe ich so aus, als sei ich blind?", schmettert er uns entgegen. Er bleibt stehen, sieht etwas verloren aus. „Nein", sage ich „mit Blindheit hat das nichts zu tun. Hier ist es etwas nass und rutschig und ich wollte sicher gehen, dass Sie nicht fallen, wenn Sie uns erst im letzten Moment bemerken und dann erst ausweichen."

Er antwortet nicht, rollt nur mit den Augen. Meine Worte scheinen ihm nicht zu gefallen. Ich habe den Verdacht, dass

er wütend und verächtlich darüber nachdenkt, wie ich darauf käme, dass er auch
nur eine Sekunde darüber nachdenkt, wie
es wäre, uns auszuweichen. Das kommt
doch in seinem Repertoire gar nicht vor.

Wuffi und ich warten jetzt einfach nur
noch bis er an uns vorbeigegangen ist. Als
er so ungefähr auf der gleichen Höhe ist,
sagt er: „Ich wünsche Ihnen noch einen
schönen Tag!" Er war noch nicht bei der
zweiten Silbe von „einen" angelangt, da
bricht Wuffi in ein mörderisches Gebell
aus und kann sich gar nicht beruhigen.
Der ältere Mann macht im Vorbeigehen
noch einen Versuch, Wuffi gegenüber
eine zugewandte Haltung einzunehmen,
aber Wuffi ist außer Rand und Band. Ich
habe große Mühe, ihn zurückzuhalten
und wünsche mir, dass der Mann jetzt
ganz schnell weitergeht.

Als ich Wuffi ein Stückchen weiter-
ziehe, kommen wir vom Regen in die
Traufe. Jemand auf dem Fahrrad kommt
ganz dicht hinter uns herangefahren und

war offensichtlich davon ausgegangen, dass wir sofort beiseite springen. Gut, dass Wuffi sich gerade auf einen gewissen Pegel eingebellt hat. Er schimpft einfach weiter. Ich bilde mir ein, dass das Bellen wenn schon nicht besser für sein Herz, zumindest besser für seinen Magen ist. Einfach alles raushauen und die Kurve abflachen lassen, wenn einfach alles gebellt und gesagt ist. Das ist viel besser für sämtliche Mägen. Würde ich jetzt jedenfalls mal so behaupten. „Scheiß Köter" ruft der Fahrradfahrer noch und wirft uns einen abfälligen Blick entgegen. „Guck lieber nach vorne, du bist auf der Flucht" antworte ich.

Ich entscheide den Trubel der Innenstadt zu verlassen und noch einen kleinen Abstecher zum Hafen zu machen. Das neue Wahrzeichen der Stadt zieht auch mich immer wieder in den Bann. Wuffi auch, nur auf eine andere Art. Sobald die Skyline sichtbar wird, macht sich bei ihm diese größenwahnsinnige Haltung breit.

So als würde er damit ausdrücken wollen: „Alles meins! Die Elbe? Die habe ich begradigt, eingedeicht und tiefer gebaggert. Du willst an den Landungsbrücken von der Fähre steigen? Frag mich! Ich überlege mir, ob du das darfst! Hafengeburtstag? Du stehst vor dem Erfinder! Elphi? Den Bauplan habe ich nachts geträumt und dann einfach den Stadtarchitekten auf den Schreibtisch gerotzt!

Ich weiß gar nicht, ob man sich vorstellen kann, wie es sich anfühlt in solchen Momenten mit Wuffi spazieren zu gehen? Vor der Elphi steht eine Frau, die auf dem Rücken den Schutzkasten für ein Violoncello trägt. Sie stellt ihn gerade ab, als wir uns nähern. Sie schaut ein bisschen verloren und desorientiert aus. Im Prinzip steht sie auch so weit weg, dass ich gar nicht viel von ihr erkennen kann. Wuffi fängt an in ihre Richtung zu bellen. Mir ist es natürlich wieder unendlich peinlich, deshalb gehe ich auch nicht weiter in ihre Richtung und stoppe ihn. Er hat jedoch ihre Aufmerksamkeit erregt und sie schaut in unsere Richtung. Und sie schaut nicht nur, sondern bedeutet mir fragend, ob sie mit dem Bellen gemeint ist.

„Es tut mir furchtbar leid! Bitte ignorieren Sie ihn! Er denkt, das ist hier alles seins. Die Elphi hat er gebaut", rufe ich ihr entgegen. Sie bricht in Gelächter aus und scheint auf einmal wie gelöst. „Na, dann bin ich ja besonders erfreut, dass du mir erlaubst, jetzt dort hineinzugehen", ruft sie zurück. Sie winkt und nimmt ihr Violoncello, um in Richtung Eingang zu gehen. Dort wird sie offenbar auch schon erwartet. Wuffi bellt nochmal kurz und schaut dann gedankenvoll aufs Wasser.

Am Wasser wird er ruhiger. Wasser hat auf uns genau die gleiche Wirkung. Deshalb entscheide ich mich dazu, noch ein bisschen am Kai zu sitzen. Offensichtlich ist das auch für ihn eine prima Idee.

Auf dem Weg zurück müssen wir unter dem Viadukt hindurch. Plötzlich bleibt

Wuffi stehen und bellt etwas an, was auf dem Weg liegt. Für gewöhnlich ziehe ich ihn weiter, denn das kann ja gar nichts Gutes sein. In jede tote Taube beißt er unreflektiert hinein, als ob er gehört hätte, dass sie in unserer Stadt auch „fliegende Ratten" genannt werden. Deshalb versuche ich immer, ihn um solche Hindernisse herumzuleiten. Irgendwie schafft er es aber, dass ich mir genauer ansehe, was da im Weg liegt. Es ist ein Handy. Zwar erscheint es etwas lädiert, aber noch funktionsfähig zu sein. Es könnte jemand verloren haben. Wir nähern uns und ich achte darauf, dass Wuffi sich nicht zuerst drauf stürzt.

Das Handy nehme ich an mich und steuere das nächste Polizeirevier an. Wuffi nehme ich vorsichtshalber auf den Arm, als ich die Wache betrete. Wuffi knurrt, besonders als mich ein Polizeibeamter anspricht. „Was wollen Sie denn hier, junge Dame?", werde ich sichtlich genervt gefragt. Ich entscheide mich spontan dazu, zu versuchen, die Situation mit Humor aufzulösen. Das ist jetzt nicht unbedingt der Ort, an dem ich länger verweilen möchte. Das Thema Wuffi und die Begegnung mit Beamten wollte ich auch nicht gerade neu aufrollen.

„Ich würde den hier ganz gerne für die Polizeihund-Ausbildung anmelden", sage ich bestimmt. Plötzlich ist es still. Wuffi hat sofort aufgehört zu knurren und er, sowie der Polizeibeamte schauen mich entgeistert an. „Haben Sie schon mal einen richtigen Polizeihund gesehen?", fragt der Mann in Uniform. „Ja, habe ich, aber Sie sind doch sicherlich auch gegen Diskriminierung und Ausgrenzung nur aufgrund des Umstandes, dass man etwas klein geraten ist. Die Polizei engagiert sich doch schon seit Jahrzehnten für Fairness und den Gedanken der Gleichheit nach und vor dem Grundgesetz, nicht wahr?"

Der Hüter des Gesetzes deutete gerade an, mich rausschmeißen zu wollen, da hatte das Nesteln in meiner Tasche Erfolg und ich zog das gefundene Handy heraus. „Das habe ich gerade an der U-Bahn gefunden, genauer gesagt unter dem Viadukt an der Haltestelle Baumwall." Ich sollte Namen und Telefonnummer hinterlassen und man war mir nicht böse, als ich zügig Anstalten machte von selber zu gehen. Wuffi habe ich immer noch in dieser entgeisterten Stimmung im Arm. Eigentlich ein wunderbarer Zustand, den ich gerne aufrechterhalte, wenn es doch öfter in meiner Hand läge.

Ich trage ihn aber nicht die ganze Zeit. Er muss jetzt wieder selber laufen. Im Grunde stelle ich immer wieder fest: je länger wir draußen waren, desto beruhigter ist er. Der Weg nach Hause bleibt unspektakulär.

Kurz vor unserer Haustür begegnen wir einer schwarzen Frau. Wuffi zieht nochmals kräftig an der Leine und stürmt indifferent auf sie zu. Das könnte jetzt in jede Richtung gehen, aber ich will das

Schicksal nicht herausfordern und halte ihn ganz fest, weil ich die Frau auf keinen Fall erschrecken möchte. Ich kann leider nichts dagegen tun, dass der kleine Wadenbeißer nicht nur sich selbst, sondern auch mich nicht gut dastehen lässt und ich Gefahr laufe, dass andere Leute über mich denken mein Sternzeichen sei Terrier oder ich hätte den Terrier, astrologisch interpretiert, zumindest im ersten Haus. Bei manchen Begegnungen ist es mir völlig egal und ich halte auch Wuffi nicht super künstlich zurück, weil ich fest der Meinung bin, dass er nur die Antwort auf die Aggression in der Luft gibt. Aber hier und jetzt denke ich gerade, es wäre schön, wenn er sich mal zurückhalten könnte. Was für ein frommer Wunsch!

Sie geht an uns vorbei und lächelt. Ich lächle dankbar zurück. Natürlich weiß ich nicht genau, was ihr Lächeln bedeutet. Es kann sein, dass es Unsicherheit ist, anerzogene Höflichkeit, eine Möglichkeit der Entwaffnung, weil sie von Beginn ihres

Lebens immer auf der Hut sein musste. Ich weiß es nicht. Am anderen Ende der Leine ist jetzt nicht die super Informationsquelle, aber zumindest zieht da einer dran, der neugierig ist und was vom Leben will. Und nur so kommt man weiter. Oben angekommen koche ich mir einen Kaffee und sinke auf meinen Lieblingsplatz. Pures Abenteuer, drei Mal am Tag.

Das Telefon klingelt. Wuffi sagt natürlich Bescheid, dass das Telefon klingelt. Wie sollte es auch anders sein. Ich weiß aber, dass am anderen Ende jemand ist, der auch Bescheid sagen möchte. Nämlich, dass er gut angekommen ist. Das war in unserer Familie auch schon immer so üblich. Ich weiß sowieso nicht mehr, warum das Bescheid sagen so in Verruf geraten ist. Es ist doch positiv gemeint und kommt direkt von Herzen. Egal in welcher Sprache. Wirklich schlimm ist doch das Gegenteil: die Ignoranz.

Wuffi belauert den Telefonhörer. Die schöne Atmosphäre kriecht nahezu dadurch. Am anderen Ende sagt eine Frauenstimme „Le petit chien, bien." „Sie sagt, ich soll den kleinen Hund bei meiner nächsten Reise mal mitbringen." „Besser nicht", lache ich. „Er hasst Auto fahren." „Warum eigentlich?", höre ich die Frage, die mit französischen Chansons im Hintergrund belegt ist.

„Ich weiß nicht. Es ist schon sehr lange her, ich glaube, das war noch in unserer Schulzeit. Da las ich eine Geschichte, die davon erzählte, dass die Ureinwohner Amerikas auf ihren Reisen zwischendurch öfter eine Pause machen. Sie hocken sich am Straßenrand hin und warten bis die Seele den schneller reisenden Körper eingeholt hat. Für Wuffi halten wir bei unserer Reise durch das Leben vielleicht nicht oft genug an." Gelächter im Hintergrund. Die französische Übersetzung ist anscheinend sofort gelungen. „Dann telefonieren wir das nächste Mal über Video, damit Madame Lenormand den Kleinen mal sieht." „Das ist eine hervorragende

Idee", sage ich. „Das nächste Mal. A bientôt!"

Die Wohnungstür öffnet sich. Meine Mitbewohnerin ist wieder da. Ich gehe in die Küche.

Zeitfracht Medien GmbH
Ferdinand-Jühlke-Straße 7
99095 Erfurt, Deutschland
produktsicherheit@kolibri360.de